国际大奖小说
纽伯瑞儿童文学奖金奖

我是大猩猩伊凡

THE ONE AND ONLY IVAN

[美] 凯瑟琳·艾波盖特 / 著
[美] 派翠西亚·卡斯特洛 / 绘
柯倩华 / 译

天津出版传媒集团
新蕾出版社

图书在版编目 (CIP) 数据

我是大猩猩伊凡 / (美) 艾波盖特 (Applegate,K.) 著;(美) 卡斯特洛 (Castelao,P.) 绘;柯倩华译. -- 天津:新蕾出版社,2015.6
(国际大奖小说)
书名原文: The One and Only Ivan
ISBN 978-7-5307-6234-9

Ⅰ. ①我… Ⅱ. ①艾… ②卡… ③柯… Ⅲ. ①儿童文学-中篇小说-美国-现代 Ⅳ. ①I712.84

中国版本图书馆 CIP 数据核字(2015)第 098136 号

THE ONE AND ONLY IVAN
by Katherine Applegate and illustrated by Patricia Castelao
Text copyright © 2012 by Katherine Applegate
Illustrations © 2012 by Patricia Castelao
Simplified Chinese translation copyright © 2015 by New Buds Publishing House (Tianjin) Limited Company
Published by arrangement with Dunow, Carlson & Lerner Literary Agency, Inc. through Bardon-Chinese Media Agency
ALL RIGHTS RESERVED
津图登字:02-2014-59

出版发行:	天津出版传媒集团 新蕾出版社
	e-mail:newbuds@public.tpt.tj.cn
	http://www.newbuds.cn
地　　址:	天津市和平区西康路 35 号(300051)
出 版 人:	马梅
电　　话:	总编办(022)23332422
	发行部(022)23332676　23332677
传　　真:	(022)23332422
经　　销:	全国新华书店
印　　刷:	北京新华印刷有限公司
开　　本:	880mm×1230mm　1/32
字　　数:	88 千字
印　　张:	6.25
版　　次:	2015 年 6 月第 1 版　2015 年 6 月第 1 次印刷
定　　价:	21.80 元

著作权所有·请勿擅用本书制作各类出版物·违者必究。如发现印、装质量问题,影响阅读,请与本社发行部联系调换。
地址:天津市和平区西康路 35 号
电话:(022)23332677　邮编:300051

目　录

第一章　领地……………001

第二章　新邻居…………046

第三章　伊凡的承诺……114

第四章　回家……………168

词汇表

捶胸：
为了制造很大的声音，用单手或双手连续捶打胸膛（大猩猩会用这种威吓的方式使对手害怕）。

领地：
管辖的区域范围。

咕噜：
猩猩爸爸和猩猩妈妈喷鼻息或发出如猪叫的声音，表达厌烦或困扰。

我的球：
朝观众丢掷的干燥粪便。

假影子：
大猩猩模样的填充玩偶。

九千八百五十五天(举例):
一般来说,野生大猩猩会根据季节和食物的数量估算时间,伊凡套用了这种计算方式。(九千八百五十五天等于二十七年。)

银背(另一个较少使用的名称是灰老大):
十二岁以上的成年雄性大猩猩,背部有一片银色的毛。银背象征权威,有保护家族的责任。

恶猩(俗称,粗鲁无礼的用法):
人类,无毛发的皮肤会出汗。

摇藤蔓:
一种休闲游戏(指抓着藤蔓摆荡)。

第一章　领　地

嗨

我是伊凡,我是一只大猩猩。

事情不像表面看起来那么简单。

我是大猩猩伊凡

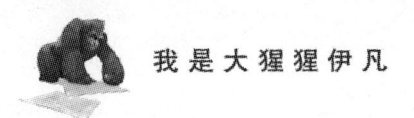

名　字

人们叫我"高速公路大猩猩""八号出口的大猿""独一无二的伊凡""大力士银背"。

这些都是我的名字，可是都不等于我。我是伊凡，就是伊凡而已。

人类浪费字。他们随意抛掷字，就像丢香蕉皮似的，任凭它腐烂。

每个人都应该知道，香蕉皮是香蕉最好的部分。

我想，你一定以为大猩猩不能理解你。当然，你可能也以为我们不能直立起来走路。

你用指关节走一个小时试试看。你告诉我，哪一种走法比较有趣？

耐　心

这么多年来，我已经学会理解人类使用的字了，可是理解人类的语言并不等于理解人类。

人类说太多话了。他们像黑猩猩一样聒噪,他们用噪音填满这个世界,即使其实没什么内容可说。

我花了不少时间,学会辨认人类的声音,把许多字串联起来,变成有意义的东西。是的,我很有耐心。

如果你是灵长类动物,耐心是一种很有用的东西。

大猩猩像石头一样有耐心。人类嘛,可比不上。

我的长相

我以前是一只野生大猩猩,现在看起来还是有点儿像。

我有大猩猩害羞的眼神,也有大猩猩神秘的笑容,我的背上有雪白色的毛,那是银背大猩猩的标准特征。温暖的阳光抚摸着我的背时,也照映出大猩猩雄壮威武的影子。

因为我的体型,人类总觉得我在挑战他们。他们凭空捕捉争战的讯息,其实我可能只是在想,夕阳看起来好像熟透了的甜桃。

我比任何人都强壮,大约四百磅重的身体很有力气。

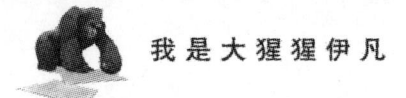

这样的身体看起来好像随时可以打仗。我张开双臂,比最高的人还要高。

我的族谱范围分布很广。我是灵长类,你们是灵长类,还有黑猩猩、红毛猩猩和波诺波猿也是,我们算是彼此不信任的远房亲戚。

我知道这不是什么愉快的事。

我自己也很难相信,我竟然和一族滑稽无礼的家伙,有跨越时间和空间的关联。

黑猩猩,无法为他们找到任何借口。

八号出口的巅峰商城和电子游乐场

我住在人类居住的地方,这里叫作"八号出口的巅峰商城和电子游乐场"。我们就在九十五号公路旁边,交通便利。一年三百六十五天,每天下午两点、四点和晚上七点,我们提供表演节目。

尖锐刺耳的电话铃声响起时,麦克总是这么回答。

麦克在这间商城上班。他是老板。

我也在这里上班。我是大猩猩。

巅峰商城里,有轧轧作响的音乐旋转木马整天转个不停,有猴子和鹦鹉住在商店之间。商城的中央,有许多排成环形的长椅,让人们吃饼干的时候可以坐下来。地板上,铺满了死掉的树刨成的木片。

我的领地在环形区域的一端。我住在这里,因为我不是一般的大猩猩,却也不属于人类。

史黛拉的领地在我旁边。她是一头大象。她和小狗鲍勃是我最亲爱的朋友。

到目前为止,我没有猩猩朋友。

我的领地是由厚玻璃、生锈的铁条和粗糙的水泥围起来的。史黛拉的领地有很多铁栏杆,马来熊的领地有很多木头,鹦鹉的是铁丝网。

我这儿有三面墙全是玻璃做的,其中一面有裂痕,在底部的角落里有一个破洞,大约像我手掌那么大。我六岁生日时,麦克送我一支球棒当作生日礼物。我用球棒打出了那个洞。他就把球棒拿走了。不过,他让我留着那个棒球。

有一面墙上画了丛林的图画,画了一些没有水的瀑布、没有香气的花和没有根的树。那不是我画的,不过我很

我是大猩猩伊凡

喜欢图形在墙上曼舞的感觉,即使它一点儿也不像丛林。

我很庆幸我的领地有三面窗。我可以看见整座商城,和一小部分外面的世界:喧闹不休的弹珠台游戏机,蓬蓬松松的粉红色棉花糖,一望无际而看不到半棵树的停车场。

停车场外面是高速公路,汽车来来往往地奔驰。公路旁竖立了一面巨大的广告牌,呼唤经过的车子停下来休息,宛如羚羊聚集到有水的地方。

褪色的广告牌斑驳剥落,不过我知道它说的是什么。有一天,麦克大声念出那些字:"欢迎来到八号出口的巅峰商城和电子游乐场,这里是独一无二的伊凡、大力士银背大猩猩的家!"

很遗憾,我不识字,虽然我很希望自己能阅读。读故事是填补空闲的好方法。

我曾经享受过一本书,是一位照顾我的管理员留下来的。

那本书尝起来,有白蚁的味道。

高速公路的广告牌上画了麦克穿着小丑服装的样子,还画了用后脚站立的史黛拉,还有一只毛发蓬乱、目露凶光的动物在生气。

那只动物应该就是我吧,可是,画家画错了。我从来不生气。

生气是珍贵的。银背大猩猩用生气来维持秩序或警告同伴远离危险。我爸爸捶胸的时候,就是在说:注意,听好,一切由我做主。我生气是为了保护你们,那是我的天职。

现在,在我的领地里,我没有什么可保护的。

欢迎来到八号出口的
巅峰商城和电子游乐场,
这里是独一无二的伊凡、
芯葩眼背大猩猩的家!

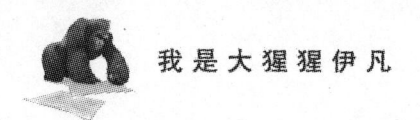

地球上最小的巅峰

我在巅峰商城里有一些邻居,他们知道很多把戏。他们受过教育,比我有本事。

其中一个会打棒球,虽然她是一只鸡。另一个会开消防车,虽然他是一只兔子。

我曾经有个邻居是一只海狮,她的皮肤平滑,很会思考。她可以从早到晚把球顶在鼻子上。她发出深沉的声音,像在寒夜中被拴在门外狂吠的狗。

小孩儿们拿出铜板许愿,然后把铜板丢进她的塑料水池里。那些铜板在池底闪闪发亮,像扁扁的铜宝石。

有一天,海狮肚子饿,或可能觉得太无聊了,就吃下了一百个铜板。

麦克说她没事。

他错了。

麦克称我们的表演是"地球上最小的巅峰"。每天下午两点、四点和晚上七点,人类扇着扇子,喝着汽水,鼓掌。小婴儿们哇哇大哭。麦克穿上小丑服装,踩着迷你脚踏车。一只名叫笑笑的狗骑在史黛拉的背上。史黛拉坐在凳子上。

那把凳子很坚固。

我不要任何把戏。麦克说我只要做我自己就够了。

史黛拉告诉我,有些马戏团在某个地方表演完了以后,就换到另一个地方去表演。那些马戏团里,有人在帐篷顶端之间的绳索上荡来荡去;有咆哮的狮子露出亮晶晶的牙齿;还有许多大象排成一条蜿蜒的队伍,每一只都用鼻子抓住前面那只的尾巴。那些大象都看向远方,这样他们就不会看见那些想看见他们的人类。

我们这个马戏团不移动。我们一直待在这里,像年老的野兽因疲惫不堪而无法前行。

当我们的表演结束,人类就开始穿梭在商店之间寻找食物。人类在商店里购买生存的必需品。在巅峰商城,有些店家卖新东西,例如气球、T恤和能盖住光头的帽子;有些店家卖旧东西,那些东西上有灰尘和潮湿的气味,而且早就被人遗忘了。

一整天,我看着人类匆匆忙忙从一家店走到另一家店。他们拿着绿色的纸传来传去,那些纸像枯干的树叶,好像有一千只手摸过的味道,传来传去传个不停。

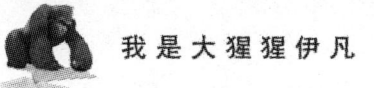

他们慌乱地搜寻、快走、推挤、抱怨。然后,他们拎着装满东西的袋子离开——各种发亮的、柔软的或体积很大的东西。不过,无论袋子装得多么满,他们总是回来买更多。

人类的确很聪明。他们将粉红色的云卷成可以吃的食物。他们建造有水平式瀑布的领地。

不过,他们是很差劲的猎人。

消　失

有些动物过着自己的日子,不受监视,但那不是我的生活。

我的生活里一直有闪光灯、指指点点的手指头和不请自来的访客。人类来到距离我只有几厘米远的地方,把小小的手掌贴在隔开我们的玻璃上。

玻璃窗的意思是:你是你,我们是我们,永远不会改变。

人类离开时会留下他们的指纹,沾了黏黏的糖果渍和湿答答的汗水。每天晚上,有个看起来很疲倦的男人会来把它们擦掉。

有时候,我把鼻子贴在玻璃上。我的鼻印就像你们的指纹,自始至终独一无二。

男人擦完玻璃后,那上面的我就消失了。

艺 术 家

我在我的领地里,没什么事可做。我可以朝人类丢我的球,但丢不了几个,就觉得很无趣了。

我的球,是用粪便做的,把粪便一直滚到差不多跟小苹果一样大,然后让它风干。我随时留几个在手边。

不知道为什么,我的访客从来不带任何这样的东西。

我的领地里有一个轮胎秋千、一个棒球、一个塑料水池里面全是污水,还有一台旧电视机。

我还有一个大猩猩模样的填充玩偶,是茱莉亚送给我的。她是那个每晚来打扫商城、看起来很疲倦的男人的女儿。

大猩猩玩偶的眼神空洞,四肢软趴趴的。我每天晚上跟它一起睡觉。我叫它"假影子"。

影子是我双胞胎妹妹的名字。

我是大猩猩伊凡

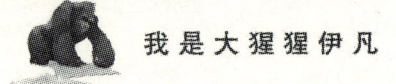

茱莉亚今年十岁。她的头发像黑色的玻璃,还有大大的、眼睛弯成半月形的笑容。她和我有许多共同点。我们都是灵长类,而且都是艺术家。

我的第一支蜡笔就是茱莉亚送的,粗粗短短的蓝色蜡笔。她从玻璃窗的破洞塞进蜡笔和一张折起来的纸。

我知道该怎么做。我看过茱莉亚画图。我拿着蜡笔在纸上拖出一条线,像一条蓝色的蛇缓缓爬行。

茱莉亚的画有自由奔放的色彩和线条。她画的不是真实的东西,是微笑的云和游泳的汽车。她画到蜡笔断掉、纸张破损。她的画好像在做梦似的。

我画不出像梦一样的图。我从来不记得我的梦,虽然有时醒来后发现自己双手握拳,心脏跳得很快。

跟茱莉亚的画比起来,我的画看起来很黯淡、胆怯。她画的是她脑袋里的想法。我画的是笼子里的东西,我的生活里几样简单的东西:一个苹果核儿、一片香蕉皮和一张糖果纸——我经常先吃掉我要画的东西,然后才画它们。

即使我一直重复画同样的东西,我也从来不会对画图感到厌烦。我画图的时候,就只想着画图。我不想我在哪里,也不想昨天或明天。我只是拿着蜡笔在纸上滑来滑去。

人类不一定看得出来我在画什么。他们眯着眼睛,歪着头,嘀嘀咕咕。我画一根香蕉,非常可爱的香蕉,他们会说:"一架黄色飞机!"或"一只没有翅膀的鸭子!"

没关系。我不是为他们画图。我为我自己画图。

麦克很快就发现人们愿意付钱买大猩猩画的图画,即使他们不知道画的是什么。我现在天天画图。我的领地附近有一间礼品店贩卖我的画,一幅画二十美元(裱框的要二十五美元)。

如果我累了想要休息,我就吃掉我的蜡笔。

我是大猩猩伊凡

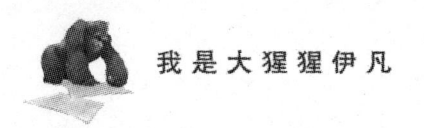

云的形状

我觉得我是天生的艺术家。

我还是躲在妈妈怀里的小宝宝时,就有艺术家的眼光。我能看出云朵的形状,溪底的石头堆在我眼中宛如雕像。我紧紧盯着色彩,无论是远处的红花,还是呼啸而过的黑鸟。

我不大记得小时候的事情,不过我记得一件事:只要一有机会,我就把手指伸进清凉的泥浆,把妈妈的背当成画布。

我的母亲,是耐心的化身。

想象

我希望有一天,我可以像茉莉亚那样画图,想象还不存在的世界。

我知道大多数人类怎么想。他们认为大猩猩不会想象。他们认为我们不记得过去也不思索未来。

仔细想一想,我觉得他们可能是对的。很多时候,我想的是"这是什么",而不是"这可能是什么"。

我已经学会,不要有太多希望。

世界上最寂寞的大猩猩

巅峰商城刚盖好的时候,可以闻到新油漆和新鲜干草的味道,从早到晚有很多参观的人类。他们从我的领地前缓缓经过,像在河上散漫漂流的浮木。

最近,有时候一整天连一个访客也没有。麦克说他很担心。他说我不像以前那么可爱了。他说:"伊凡,你已经失去你的魅力了,老家伙。你以前可是很红的啊!"

是真的,有些来看我的人驻足在这里的态度和时间都跟以前不一样了。他们透过玻璃注视着我,舌头咂咂作响,我看电视的时候,他们就皱起眉头。

"他看起来很寂寞。"他们说。

不久以前,一个小男孩站在我的玻璃窗前面,眼泪滑下他平滑红润的双颊。"他一定是世界上最寂寞的大猩猩。"他牵着他妈妈的手说。

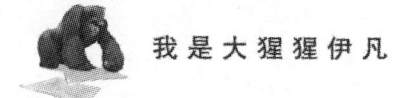

在那种时刻,我真希望人类可以理解我,像我理解他们一样。

我很想告诉那个小男孩,没那么糟。只要时间够久,你几乎能习惯任何事情。

电 视 机

我的访客看见麦克在我的领地里放了一台电视机,通常都会很惊讶。他们似乎觉得,一只大猩猩盯着盒子里的小人儿,是一件很奇怪的事情。

可是,有时候我想,他们盯着我坐在我的小盒子里,不也一样奇怪吗?

我的电视机很旧,它不是一直开着,有时候过了好几天,才有人想起来把它打开。

我什么都看,不过我特别喜欢看卡通,里面常有丛林般鲜明的色彩。我尤其喜欢看到有人踩到香蕉皮而跌倒的画面。

我的小狗朋友鲍勃,几乎和我一样爱看电视。他特别喜欢看职业保龄球赛和猫粮广告。

鲍勃也跟我一起看了很多爱情电影。爱情电影里有太多拥抱,有时甚至还舔脸。

我还没有看过任何一部由大猩猩主演的爱情电影。

我们也很喜欢看老西部电影。在西部电影里,总会有人说:"警长,这个小镇恐怕无法同时容纳我们两个人。"在西部电影里,你分得出好人和坏人,好人总是赢。

鲍勃说西部电影一点儿也不像真实的世界。

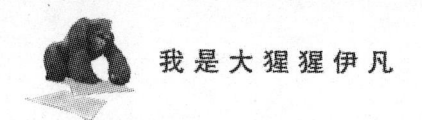

自然生态节目

我已经在我的领地里过了九千八百五十五天。

孤孤单单地。

我以前年轻不懂事的时候,有一段时间,我以为自己是地球上最后一只大猩猩。

我试着不要一直去想它。不过,当你想到这个世界没有你的同类,实在很难保持好心情。

然后,有一天晚上,我看了一部电影,里面有一些头戴黑帽、手里拿枪的男人和一群低能的马。电影结束以后,出现了一个完全不同的节目。

不是卡通,不是爱情故事,不是西部电影。

我看见苍翠繁茂的森林。我听到许多鸟小声地吱吱喳喳。青草摇曳。树叶窸窸窣窣。

然后我看见了他。他的毛快掉光了,瘦巴巴的,老实说,不像我这么好看。但是,我非常确定,他是一只大猩猩。

他突然出现,很快就消失了。取而代之的是一只脏兮兮的白色动物,我学到他的名字叫北极熊,然后换成一只圆滚滚的水底动物叫海牛,然后,又换成其他的动物,一只又一只。

整个晚上,我就坐在那里,一直想着我突然瞥见的那只大猩猩。他住在什么地方?他可能会来看我吗?如果在某个地方有个"他",可不可能还有个"她"呢?

或者,全世界只有我们两只大猩猩,分别困在各自的盒子里?

史 黛 拉

史黛拉说她很确定,有一天,我会见到另一只真实的、活生生的大猩猩。我相信她,因为她的年纪比我大,她的眼睛像黑亮的星星,而且她知道的比我多太多了。

史黛拉是一座山。和她比起来,我是一块岩石,鲍勃是一粒沙子。

每天晚上,商店都打烊了,乳白色的月光轻轻覆盖着世界,史黛拉和我开始谈话。

我们的相同之处不太多,但对我们来说已经足够。我们的体型都很巨大,也都很孤单,我们都喜欢酸奶葡萄干。

有时候，史黛拉会说故事，说她小时候的事，说那些天篷般的树木如何隐蔽在蒙雾中，还有潺潺的流水如何唱着轻快的歌曲。史黛拉跟我不一样，她记得以前发生过的每一件事情。

史黛拉喜欢月亮无忧无虑的笑容。我喜欢阳光照在我肚子上的感觉。

她说："我的朋友，你的肚子很不错。"我说："谢谢你，你的也是。"

我们说话，但说得不多。大象跟大猩猩一样，不浪费字。

史黛拉以前在一个著名的大马戏团里表演，她在我们的节目里有时仍会表演一些以前的把戏。有一出特技表演，是史黛拉用后腿站立，同时让笑笑跳到她的头上。

当你的体重超过四十个男人加起来的总重量时，用后腿站立是很困难的事。

假如你是马戏团里的大象，你用后腿站立并且让狗跳到你的头上，你会得到奖赏。如果你不照着做，尖爪棍就挥过来了。

大象的皮很厚，像古树的树皮，但尖爪棍很轻易就能刺穿它,像刺穿一片树叶似的。

史黛拉曾经看过一个驯兽师用尖爪棍打一只公象。公象就像银背猩猩,高贵、自制,像眼镜蛇一样冷静。但是当尖爪棍刺进公象的肉里,他用象牙把驯兽师抛到了半空中。

史黛拉说,那个男人飞起来,像一只丑陋的鸟。而她从此再也没有见到那只公象了。

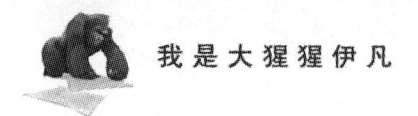

史黛拉的鼻子

史黛拉的鼻子很神奇。她可以优雅而精准地捡起一粒花生,可以在经过的老鼠身上搔痒,或拍拍打瞌睡的管理员的肩膀。

她的鼻子很厉害,却还是无法把她那个破烂领地的门打开。

史黛拉的腿上有很久以前留下的疤痕,是她年轻时被铁链拴着造成的,她称那是她的脚环。她在那个著名的马戏团里工作时,她必须表演在柱台上保持平衡,那是技巧最难的把戏。有一天,她摔下来,弄伤了脚。她的脚跛了,行动赶不上其他的大象,马戏团就把她卖给了麦克。

史黛拉的脚从来没有完全好起来过。她跛着脚走路。有时候,她在同一个地方站太久,伤口就会感染。

去年冬天,史黛拉的脚肿起来,变成平常的两倍大。她发烧了,在潮湿、冰冷的地板上躺了五天。

非常漫长的五天。

即使是现在,我也不确定她是不是完全好了。她从来不抱怨,所以很难知道到底怎么回事。

在巅峰商城,没有人觉得需要铁链。在地板上的木桩绑一条粗绳子就够了。

"他们认为我太老了,不会惹什么麻烦。"史黛拉说。

"老,"她说,"是有力的掩饰。"

计　　划

已经两天没有客人上门了。麦克的心情很不好。他说我们亏损太多了。他说要把我们通通卖掉。

当蓝黄色的金刚鹦鹉莎玛在十分钟之内说了三次"亲我,小伙子",麦克就拿起一罐汽水朝她丢过去。莎玛的翅膀被剪过,所以她不能飞,但她还能跳。就在千钧一发之际,她及时跳到旁边。她尖着嗓子叫道:"亲嘴!"

麦克气冲冲地大步走回他的办公室,用力把门甩上。

我在想,是不是我的访客渐渐对我感到厌烦了。我如果学一两样把戏,说不定会有帮助。

人类似乎很喜欢看我吃东西。幸运的是,我总是很饿。我天生很会吃。

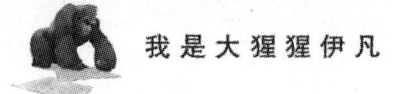

一只银背大猩猩如果想要维持他应该有的样子,每天必须要吃四十五磅的食物——四十五磅的水果、树叶、种子、茎、树皮、藤蔓和腐烂的木头。

我偶尔也吃虫子。

我要努力多吃一些。或许我们的访客就会增加。明天,我要吃五十磅的食物。甚至五十五磅。

这样麦克就会高兴了。

鲍　　勃

我向鲍勃说明我的计划。

"伊凡,"他说,"这事你相信我,问题不在于你吃多少东西。"他跳上我的胸膛,舔我的下巴,察看我身上有没有食物残渣。

鲍勃是流浪狗,意思是他没有永久地址。他很敏捷、狡猾,商城里的工作人员很久以前就放弃追捕他了。鲍勃像很会跑的老鼠一样钻过裂缝或破洞。他吃从垃圾箱里拣出来的碎热狗,吃得很高兴。他舔洒在地上的柠檬汁和掉在地上的冰淇淋,当作甜点。

我曾试着把我的食物分给鲍勃吃，但是他很挑嘴，还说他比较喜欢自己去找食物。

　　鲍勃的体型很小，强悍又敏捷，像会叫的松鼠。他一身坚果色，有一双大耳朵。他的尾巴动起来像随风摇摆的杂草，不停地旋转、舞蹈。

　　鲍勃的尾巴弄得我晕眩、混乱。它有一层又一层的意义，像人类的语言——"我很难过。""我很快乐。""警告你！我虽然小，但是我的牙齿很锐利。"

　　大猩猩不需要尾巴。我们的感觉并不复杂。我们的屁股也很朴素。

　　鲍勃本来有三个兄弟和两个姐妹。他们出生才几个星

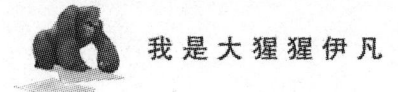

期,人类就把他们从卡车里丢到高速公路上。鲍勃滚进了一条沟里。

他的兄弟姐妹没跟他一起。

他在高速公路的第一个晚上,睡在冰冷的泥沟里。他醒来的时候,几乎冻僵了,一个小时以后他的腿才能弯曲。

第二天晚上,鲍勃睡在巅峰商城的垃圾箱附近脏兮兮的干草堆里。

接下来那个晚上,鲍勃发现我的领地的玻璃窗在角落里有个破洞。我梦到我吃了一个毛茸茸的甜甜圈,在黑暗中醒来才发现,有一只小狗在我的肚子上打鼾。

我已经很久没有感觉到另一个生物的体温带来的抚慰,我不知道该怎么办。我并不是从来没有访客。麦克进来过我的领地,当然,还有其他管理员也来过。我看过老鼠跑进来,还有偶尔从天花板的破洞拍着翅膀进来的四处乱飞的麻雀。

不过,他们一向停留不久。

我整个晚上没有动,怕吵醒鲍勃。

野　　生

我曾经问过鲍勃,他为什么不想要一个家。我注意到,人类似乎爱狗爱到违反理性,而我也明白小狗比较容易被抱在怀里,至少,比抱大猩猩容易多了。

"到处是我家。"鲍勃回答,"我的朋友,我是野兽,不驯服也不屈服。"

我告诉鲍勃,他可以加入我们的表演工作,像骑在史黛拉头上的贵宾狗笑笑。

鲍勃说,笑笑睡在麦克办公室里那个粉红色的枕头上。他还说她吃的是从罐子里倒出来、味道很臭的肉。

他扮了个鬼脸。他卷起嘴,露出小小尖尖的牙齿。

"贵宾狗,"他说,"是寄生虫。"

毕　加　索

麦克给我一支新蜡笔,黄色的,还有十张纸。他嘀咕着:"毕加索,该赚你的生活费了。"

我是大猩猩伊凡

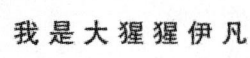

我很好奇这个毕加索是谁。他跟我一样有轮胎秋千吗？他有没有吃过他的蜡笔？

我知道我已经失去我的魅力，所以我一定要尽全力。我抓紧蜡笔，努力想。

我环视我的领地。什么是黄色的？

一根香蕉。

我画了一根香蕉。纸破了，不过只破了一点点。

我往后靠，麦克把这张画拿起来。"又一天，又一幅涂鸦。"他说，"一张完成，还有九张。"

还有什么是黄色的。我一边想，一边检视我的领地。

我画了另一根香蕉。然后，我又画了八根。

三 个 访 客

有三个访客来到这里：一个女人、一个小男孩、一个小女孩。

我为了他们，刻意在我的领地里昂首阔步。我在轮胎秋千上荡来荡去。我一口气吃下三片香蕉皮。

小男孩往我的玻璃窗上吐口水。小女孩丢了一把小石子。

有时候，我很庆幸这里有玻璃窗。

我的访客回来了

表演节目结束以后，吐口水和丢石子的小孩儿又来了。

我露出我惊人的牙齿。我在我的污水池里用力溅起水花。我发出咕噜咕噜的声音，然后大吼。我吃啊吃啊吃个不停。

两个小孩儿捶打他们可笑的胸膛。他们丢出更多的石子。

"恶猩。"我小声抱怨。我朝他们丢了一个我的球。

有时候，我很希望这里没有玻璃窗。

歉　疚

我很后悔我骂那两个小孩儿恶猩。

我妈妈会觉得我让她很丢脸。

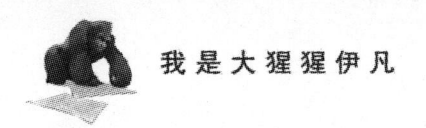

茱莉亚

跟那两个吐口水和丢石子的小孩儿一样,茱莉亚也是个小孩儿,不过,这毕竟不是她的错。

每天晚上,当她的父亲乔治在清扫商城的时候,茱莉亚就来坐在我的领地旁边。她可以坐在任何她想坐的地方:旋转木马旁边,空无一人的美食区,或是铺了一层碎木屑的看台上。然而,可不是我在吹牛,她总是选择跟我坐在一起。

我想那是因为我们都爱画图。

茱莉亚的母亲莎拉,以前会来帮忙清扫商城。可是她生病以后,脸越来越苍白,背也越来越驼,然后就没再出现过了。每天晚上,茱莉亚主动表示愿意帮助乔治;每天晚上,乔治坚决地回答:"做功课,茱莉亚。地板总是又会变脏的。"

我发现,功课包含了一支尖尖的铅笔、厚厚的书和长长的叹息。

我喜欢咬铅笔。我确信,在做功课这件事上,我会表现得很好。

茱莉亚有时候打瞌睡，有时候读书，不过大部分的时间她都在画图，一边画一边讲述她那天遇到的事情。

我不知道人们为什么对我说话，他们常常这样做。也许因为他们认为我听不懂。

或者，也许因为我不会顶嘴。

茱莉亚喜欢科学和美术。她不喜欢莉拉，莉拉会因为她穿旧衣服而捉弄她；她喜欢戴湘，戴湘也捉弄她，不过，是以一种对她好的方式。她长大以后想要成为有名的艺术家。

有时候，茱莉亚画我。我在她的图画里是很优雅的，我的银背像月光下的青苔闪闪发亮。我的表情从来不生气，不像高速公路旁褪色广告牌上的我。

不过，我总是看起来有点儿悲伤。

画 鲍 勃

我喜欢茱莉亚画的鲍勃。

她画他在纸上飞跃，他的脚和毛都朦朦胧胧的；她画

他静止不动，从垃圾箱后面或我的肚子山上面抬头探看。茱莉亚有时会在画里给鲍勃加上一双翅膀，或狮子的鬃毛。有一次，她给他加了一个乌龟壳。

不过，她给鲍勃最好的东西不是图画。茱莉亚给了鲍勃他的名字。

长久以来，没有人知道该怎么叫鲍勃。偶尔，商城的工作人员会尝试凭靠好吃的东西去接近他。"狗狗，来。"他们拿着薯条叫他。"快来，小狗狗。"他们会说，"来一小片三明治怎么样？"

不过，他总是在任何人可能太靠近他之前，很快地消失在阴影里。

有一天下午，茱莉亚决定画这只小狗蜷缩在我的领地的角落里。她先咬着她的手指甲，观察他很长一段时间。我看得出来，她注视他的方式，就像一个艺术家为了了解这个世界而注视这个世界一样。

终于，她抓起铅笔，开始画图。等她画好了，她把画纸举起来。

就是他，这只大耳朵小狗。他聪明又灵敏，可是他的眼神充满了渴望。

图画下方有粗粗的、有自信的符号,用一道黑线圈了起来。我很确定那是字,即使我不认识。

茱莉亚的父亲从她的背后探头过来看。"就是他没错。"他点点头。他指着被圈起来的符号,说:"我从来不知道他的名字是鲍勃。"

"我也是。"茱莉亚说。她露出笑容,"我必须画了他才知道。"

鲍勃和茱莉亚

鲍勃不让人类碰他。他说人的气味害他消化不良。

不过,我偶尔看见他坐在茱莉亚的脚边。茱莉亚的手指头轻轻地在他的右耳后面移动。

麦　克

麦克通常在最后一场表演结束后就离开,不过今天晚上,他在办公室里工作到很晚。他做完后,走到我的领地前停下来,盯着我看了很久,喝着棕色瓶子里的饮料。

我是大猩猩伊凡

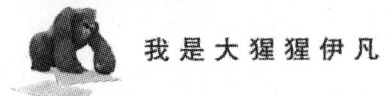

乔治拿着扫帚,站在他的身边。麦克说了一些他常说的话,"昨天晚上的比赛怎么样"或"最近生意不大好,不过,你看着,一定会好起来的"或"别忘了把垃圾清干净"。

麦克瞄了一眼茱莉亚正在画的图。"你在画什么?"他问。

"画给我妈妈的。"茱莉亚说,"一只会飞的狗。"她举起她的图画,用审视的眼光看它,"她喜欢飞机,也喜欢狗。"

"嗯。"麦克哼了几声,听起来不大相信。他看着乔治,"你太太最近怎么样?"

"老样子。"乔治说,"有时好,有时坏。"

"是啊,我们不都是这样吗。"麦克说。

麦克准备要离开,又停下脚步。他把手伸进口袋里,拿出一张皱皱的绿色钞票,塞进乔治的手里。

"这个拿去。"麦克耸耸肩说,"多买些蜡笔给这孩子吧。"

乔治还来不及大声道谢,麦克已经走出大门了。

睡 不 着

我等茉莉亚和她爸爸回家以后,才说:"史黛拉,我睡不着。"

"你当然睡得着。"她说,"你是睡觉大王。"

"嘘……"鲍勃趴在我的肚子上说,"我正梦到辣薯条。"

"我觉得疲倦。"我说,"可是睡不着。"

"什么事使你觉得疲倦?"史黛拉问。

我想了一会儿。很难用字表达。大猩猩不喜欢抱怨。我们是梦想家、诗人、哲学家、打瞌睡专家。

"我不大确定。"我踢了一下我的轮胎秋千,"我可能,有点儿厌倦了我的领地。"

"因为这里根本是个笼子。"鲍勃对我说。

鲍勃有时不像平常那么圆滑。

"我知道。"史黛拉说,"这是很小的领地。"

"而你是很大的猩猩。"鲍勃又加了一句。

"史黛拉。"我说。

"什么事?"

"我注意到,你今天跛得比平常严重。你的腿不舒服吗?"

"有一点儿。"史黛拉回答。

我叹一口气。鲍勃重新调整姿势。他的耳朵动了几下。他流了一些口水,不过我不介意。我习惯了。

"吃点儿东西吧。"史黛拉说,"你吃些东西就会觉得快乐了。"

我吃了一根放了很久、褐色的胡萝卜。没有用。不过我没有告诉史黛拉。她需要睡眠。

"你可以试着回想以前美好的某一天。"史黛拉建议,"我睡不着的时候,就用这个方法。"

史黛拉记得从她出生到现在的每个时刻。每一种气味、每一回夕阳、每一次打击、每一场胜利。

"你知道我几乎什么都想不起来。"我说。

"想不起来跟不去想,"史黛拉温柔地说,"是有差别的。"

"那倒是真的。"我承认。想不起来是很困难没错,不过我有很多时间可以用来努力地想。

"回忆很宝贵。"史黛拉补充道,"回忆让我们知道自己是谁。试着想一想所有照顾过你的管理员。你一直很喜欢卡尔吧,吹口风琴的那个。"

卡尔!是的。我记得他给过我一个椰子,那时我还小,我花了一整天的工夫打开它。

我努力回想我认识的管理员,他们清扫我的领地,为我准备食物,有时候会陪我一会儿。其中一个是琼恩,她把百事可乐倒入我的嘴里;卡翠娜,她会在我睡觉时用扫帚逗弄我;还有艾伦,她一边刷我的水盆,一边唱着"窗户里的猴子多少钱",她的笑容里有淡淡的哀愁。

还有杰洛,他曾经给我一盒硕大、香甜的草莓。

我最喜欢杰洛。

我已经很久没有真正的管理员了。麦克说他没有钱特别为猩猩雇一个保姆。这些日子,乔治清扫我的笼子,麦克为我准备食物。

我回想所有照顾过我的人,大部分的回忆都跟麦克有关,日复一日,年复一年。麦克买了我,把我养大,然后说,我不再可爱了。

好像银背大猩猩有可能曾经可爱似的。

我是大猩猩伊凡

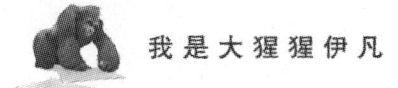

月光洒落在静止的旋转木马上,在沉默的爆米花摊子上,在卖皮带的铺子上,那里散发出的气味闻起来像死亡已久的牛。

史黛拉沉重的呼吸听起来像树林里的风。我等待瞌睡虫来找我。

甲　虫

麦克给我一支新的黑色蜡笔,和一沓全新的纸。工作时间又到了。

我闻一闻蜡笔,让它在我的手中滚动,用笔尖抵着掌心。

我最喜欢的东西就是新蜡笔。

我在领地里搜寻可画的题材。什么是黑色的?

放了很久的香蕉皮应该很适合,不过我已经把它们通通吃掉了。

假影子是棕色的。我的小水池是蓝色的。我存起来预备下午吃的酸奶葡萄干是白色的,至少外表如此。

角落里有东西在动。

有访客了!

一只黑得发亮的甲虫路过这里,停下来。虫子们经常闲晃过我的领地,然后去他们真正的目的地。

"嗨,甲虫。"我说。

他僵住不动,沉默着。虫子从来都不想聊天。

这只甲虫的外表很有吸引力,他的身体像一颗光亮的坚果。他就像没有星星的夜晚那么黑。

对了!我就画他。

画一样新东西,有点儿难。我不常有这样的机会。

不过我可以试试看。甲虫好心地一动也不动。我盯着他看一会儿,再将目光转回到我的纸上。我画他的身体、腿、小小的触角,还有他的表情。

我很幸运。甲虫在这里一整天。拜访我的虫子通常不会停留太久。我开始怀疑他是不是有什么不舒服。

大家都知道鲍勃偶尔喜欢嚼嚼虫子,他说他愿意帮忙吃掉这只甲虫。

我跟鲍勃说没有那个必要。

我刚完成最后一张图,麦克就来了,乔治和茱莉亚跟他一起来了。

我是大猩猩伊凡

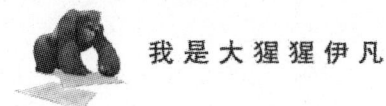

麦克进入我的领地,拿起一张图。"这是什么玩意儿?"他问,"我完全看不懂伊凡在画什么。这张图什么也没有。乱七八糟一团黑。"

茱莉亚站在我的领地外面。"可以给我看看吗?"她问。

麦克举起我的画贴在玻璃窗上。茱莉亚偏着头。她眯起一只眼睛,然后张开眼睛,检视我的领地。

"我知道了!"她欢呼道,"是一只甲虫!你看到伊凡的水池旁边有一只甲虫吗?"

"讨厌!我才刚在这里喷过杀虫剂的。"麦克走到甲虫旁边,抬起一只脚。

麦克还来不及踩下去,甲虫就逃走了,他从墙上的裂缝处消失得无影无踪。

麦克转回来再看我的图画,"你认为这是甲虫,是吗?好吧,你说了算,孩子。"

"嗯,是甲虫没错。"茱莉亚一边回答,一边对我微笑,"我能认得出甲虫。"

我觉得,身边有一个跟我一样的艺术家,真是太好了。

改　　变

　　史黛拉是第一个注意到改变的,不过,我们不久后全都感觉到了。

　　即将有新的动物加入巅峰商城。

　　我们怎么知道？我们会聆听,我们会观察,最重要的是,我们会闻空气中的味道。

　　在即将要发生改变之前,人类会发出奇怪的气味。

　　像腐烂的肉,带着一股木瓜的气味。

猜　　测

　　鲍勃担心我们的新邻居会是一只双眼细长、尾巴卷曲的大猫。但史黛拉说,今天下午会有一辆卡车载来一只象宝宝。

　　"你怎么知道？"我问。我闻了闻空气,但我只闻到焦糖玉米的味道。

　　我喜欢焦糖玉米。

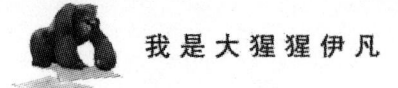

"我听见了她的声音。"史黛拉说,"她哭着要妈妈。"

我注意听。我听见车子轰隆隆地经过。我听见马来熊在他们的铁丝笼里打鼾。

可是我没有听见任何大象的声音。

"那只是你的希望吧。"我说。

史黛拉闭起眼睛。"不,"她轻轻地说,"我不希望。一点儿也不。"

强　　波

我的电视关掉了,所以我们在等待新邻居的时候,我请史黛拉讲故事给我们听。

史黛拉抬起她的右前脚摩擦墙壁。她的脚又肿起来了,出现很丑陋的深红色。

"史黛拉,如果你不舒服的话,"我说,"你先小睡一下,晚一点儿再讲故事给我们听。"

"我还好。"她说,然后谨慎地调整一下身体的重心。

"讲强波的故事。"我说,"那是我最喜欢的故事,可是鲍勃从来没有听过。"

史黛拉记得每一件事情,所以她知道很多故事。我喜欢充满色彩的故事,一开始是黑色,中间有暴风雨,结尾是万里无云的朗朗晴空。不过,其实只要是故事我都听。

我的处境,不大适合挑剔什么。

"从前,"史黛拉开始讲故事,"有一个人类男孩。他去一个叫作动物园的地方看一个大猩猩家庭。"

"什么是动物园?"鲍勃问。他很懂得都市生存之道,但他的见识还是有限的。

"一个好的动物园,"史黛拉说,"是一个很大的领地。野外的、露天的笼子。一个安全的地方。那里有散步活动的空间,有不会伤害动物的人类。"她停顿下来,斟酌她的用字,"一个好的动物园,表现出人类补偿动物的方式。"

史黛拉稍稍移动身体,轻微地呻吟着。"男孩站在墙上,"她继续说,"他一边观看一边用手指来指去的,然后他失去平衡,掉进了那个露天的笼子里。"

"人类很笨拙。"我打断她,"如果他们肯用指关节走路,就不会常常跌倒。"

史黛拉点头,"有道理,伊凡。结果男孩动也不动地躺在地上,其他的人类喘着气大哭大叫。一只名叫强波的银

043

我是大猩猩伊凡

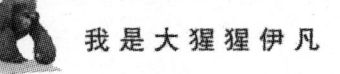

背大猩猩,检视那个男孩,仿佛那是他的职责,而其余的家族成员则在保持安全距离的地方观看。

强波温柔地摸了那个孩子几下。他闻了闻那孩子的痛苦,然后站在旁边看守。

男孩醒过来时,跟他同伙的人类大叫:'静静躺着!不要动!'因为他们确定,人类总认为自己很确定,强波会摧毁那孩子的生命。

男孩痛苦地呻吟。群众屏息以待,等待发生最坏的结果。

强波带着其他的家族成员走开了。

几个男人拉着绳索爬下来,迅速抱起孩子交给在一旁等待的人。"

"男孩还好吗?"鲍勃问。

"他没有受伤。"史黛拉说,"不过我可以想象,那天晚上他的父母会拥抱他很多次,并且责骂他。"

鲍勃本来一直在咬自己的尾巴,突然停下来,偏着头问:"你讲的是真实的故事吗?"

"我一向只讲真话。"史黛拉回答,"虽然我有时候会把事实弄混。"

运　气

我听过强波的故事很多遍了。史黛拉说人们觉得很奇怪,那只巨大的银背大猩猩竟然没有杀死那个男孩。

我纳闷,这有什么奇怪呢?那男孩那么年轻,那么害怕,那么孤单。

他只不过是另一只灵长类罢了。

鲍勃用冷冷的鼻子顶了我一下。"伊凡,"他说,"你和史黛拉为什么不在动物园里?"

我看看史黛拉,她看看我。她的眼神半忧半笑,那是大象专属的表情。

"运气吧,我猜。"她说。

我是大猩猩伊凡

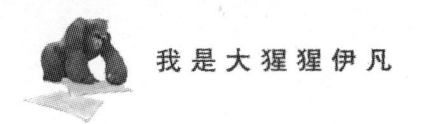

第二章 新邻居

到　达

四点钟的表演节目结束以后,我们的新邻居到了。

沉重的卡车开进停车场时,鲍勃跑来通知我们。

鲍勃总是知道正在发生什么事。他是一个很管用的朋友,尤其当你无法离开你的领地时。

麦克哼了一声,打开美食区附近的金属门,送货员都从那个地方进来。

一辆白色大卡车倒退着进门来,排气管冒很多烟。驾驶员打开卡车的门,我立刻知道史黛拉是对的。

卡车里有一只象宝宝。我看见她的鼻子,从黑漆漆的车内伸出来。

我为史黛拉高兴。我朝她瞥了一眼,她却一点儿也没

有高兴的样子。

"大家退后一点儿！"麦克大喊，"我们有新成员加入。这是露比，六百磅重的娱乐，来拯救我们。这个小姐会帮我们多卖一些票。"

麦克和两个男人爬进像黑洞似的卡车里面。我们听见吵闹、拉扯的声音，麦克说了生气时才会说的话。

露比也发出很多声音，听起来像礼品店里卖的小喇

叭。

"走啊！"麦克说，但露比没有出现。"走啊！"他又说一次，"我们可没时间在这里耗一整天。"

史黛拉在她的领地里，费力地来回踱步，往这里走两步，往那里走两步。她用鼻子拍打生锈的铁栏杆，发出沉重的声息。

"史黛拉，你听见象宝宝了吗？"

史黛拉在沉重的呼吸中小声说了几个字，那是她生气时才会说的话。

"放轻松，史黛拉。"我说，"没事的。"

"伊凡，"史黛拉说，"从来不会没事的。"我知道我应该闭嘴了。

史黛拉的帮助

男人们还在高声叫喊。有时候是他们之间的互动，但大部分时候是针对露比。

我们听见冲撞、踩踏、移位的声音。卡车不停地震动。

"我开始喜欢这只小象了。"鲍勃小声说。

"我找那只大的来。"麦克说,"说不定她能把这蠢丫头拐出卡车。"

麦克打开史黛拉的门。"来吧,姑娘。"他催促着。他解开拴在地板上的绳子。

史黛拉从麦克身边冲出去,差点儿撞倒他。她尽全力快步走,一跛一跛地朝敞开的后车门前进。她那只肿胀的脚一踩上用来衔接车厢与地面的斜踏板边缘,脸部就开始抽搐。鲜血流下来。

她往上走,走到一半,停住。卡车里的嘈杂声也停止了。露比安静下来。

史黛拉缓缓地继续往上移动。沉重的身体负担使她不断发出呻吟,我从她那种笨拙的走路姿势可以看得出来她有多么痛苦。

她走到了顶端,停下来。她把鼻子伸进漆黑的车厢里。我们等待着。

灰色的小象鼻子又出现了。它害羞地伸出来,似乎在摸索。史黛拉用自己的鼻子卷住象宝宝的鼻子。她们发出轻柔低沉的声音。

我们又等了一会儿。整座巅峰商城一片寂静。

我是大猩猩伊凡

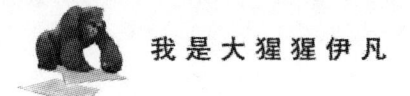

咚。咚。一步,一步,停。一步,一步,停。

她出现了,她很小,小小的身体躲在史黛拉的腹部下方还留下多余的空间。她的皮肤松松垮垮。她摇摇晃晃地步下斜踏板。

"不是最好的品种。"麦克说,"不过价钱便宜,我从西部一个破产的马戏团买来的。他们把她从非洲运过来。她才来一个月,他们就完蛋了。"他朝露比做了个手势,"重点是,人们喜欢小宝宝。象宝宝,猩猩宝宝,嘿,给我一个鳄鱼宝宝,我也能大赚一笔。"

史黛拉引领露比走向她的领地。麦克和另外两个男人跟在后面。到了史黛拉的门前,露比踌躇不前。

麦克推了露比一把,但她不为所动。"去你的,你搞清楚,露比。"他低声说,但露比不动,史黛拉也不动。

麦克随手抓了一支扫把。他举起扫把。突然,史黛拉向前挡在露比前面,保护她。

"给我滚进笼子里,你们两个!"麦克大吼。

史黛拉瞪着麦克,思索了一会儿。她用她的鼻子,温柔而坚定地,先把露比推进她的领地里,然后才跟着进去。麦克砰的一声把门关上。

我看见两只象鼻子缠绕在一起。我听到史黛拉轻声细语。

"可怜的孩子。"鲍勃说,"欢迎来到八号出口的巅峰商城和电子游乐场,这里是独一无二的伊凡的家!"

过 气 了

茱莉亚来的时候,坐在史黛拉的领地旁边,看着新来的宝宝。她几乎没有跟我讲话。

史黛拉也没有跟我讲话。她忙着用鼻子哄露比。

小露比的确很可爱,她的耳朵摆动起来像棕榈叶似的。可是我很英俊,又很强壮。

鲍勃在我的肚子上转一圈,才找到合适的地点安顿下来。"放弃吧,伊凡。"他说,"你过气了。"

茱莉亚拿出纸和铅笔。我看见她在画露比。

我到领地的角落里噘起嘴,生闷气。鲍勃抱怨着。他不喜欢我打断他的睡眠。

"做功课!"茱莉亚的父亲训斥她。茱莉亚叹了一口气,把她的图画搁在旁边。

我低声咕噜,茱莉亚转过来看我。"可怜的老伊凡。"她说,"我近来冷落你了,是吧?"

我又咕噜咕噜,发出有尊严、毫不在乎的声音。

茱莉亚想了一会儿,然后笑起来。她走向我的领地,到玻璃窗角落的破洞旁边。她塞进来一些纸,又把一支铅笔滚进我的水泥地板上。

"你也可以画象宝宝。"茱莉亚说。

我用我了不起的牙齿,把铅笔咬成两半,然后,把纸吃掉。

把　戏

甚至于到茱莉亚和她的父亲离开以后,我还试着一直生闷气。可是没有用,大猩猩天生不爱生闷气。

"史黛拉,"我呼唤她,"今天是满月。你看见了吗?"

有时候,如果我们运气好,可以从美食区的天窗瞥见月亮。

"我看见了。"史黛拉说。她讲得很小声,我知道,露比一定睡着了。

"露比还好吗？"我问。

"她太瘦了，伊凡。"史黛拉说，"可怜的孩子。她在那辆卡车里好几天。麦克把她从马戏团买来，就像以前买我一样。可是她在那个马戏团的时间不长。她是野生的，跟我们一样。"

"她会没事吧？"我问。

她没有回答我的问题，"伊凡，那个马戏团的驯兽师用铁链绑住她，四只脚拴在地上。每一天绑二十三个小时。"

我不明白这样做有什么好处。我疑惑的时候，总是先假定人类有我所不懂的道理。

"他们为什么要这样做？"我终于问她。

"摧毁她的意志。"史黛拉说，"这样她就会学习在柱台上平衡。这样她就会用后脚站立。这样她就会傻傻地绕着圈子走，让狗跳到她的背上。"

我听着史黛拉疲惫的声音，想到所有这些把戏她都学过。

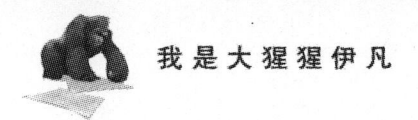

介 绍

我隔天早上醒来,看见一只小象鼻子从史黛拉的领地的铁栏杆之间伸出来。

"嗨,"声音细小,但很清楚,"我是露比。"她的鼻子摇晃几下。

"嗨,"我说,"我是伊凡。"

"你是猴子吗?"露比问。

"当然不是。"

鲍勃的耳朵竖起来,虽然眼睛还闭着。"他是大猩猩。"他说,"我是血统不明的狗。"

"为什么狗要爬到你的肚子上?"露比问。

"因为所以。"鲍勃喃喃地说。

"史黛拉醒了吗?"我问。

"史黛拉阿姨还在睡觉。"露比说,"她的脚在痛,我想。"

露比转过头。她的眼睛像史黛拉的,有黑眼珠和长睫毛,宛如深不见底的湖,周围缀满长长的草。"什么时候吃早餐?"她问。

"快了。"我说,"等商城开始营业,在这里工作的人就进来了。"

"其他的,"露比转头望着另一个方向,"其他的大象在哪里?"

"这里只有你和史黛拉。"我说。不知道为什么,我觉得我们让她失望了。

"这里有你的同类吗?"

"没有。"我说,"现在没有。"

露比拾起一根干草,思索了一会儿,"你有妈妈和爸爸吗?"

"嗯……我以前有。"

"大家都有爸爸妈妈。"鲍勃解释,"无法避免。"

"我去马戏团之前,跟我妈妈、阿姨、姐妹和表兄弟表姐妹住在一起。"露比说。她拾起的干草掉了,她又捡起来转了转,"他们死了。"

我不知道该说什么。我不是很喜欢这些对话,可是我知道露比的话还没有说完。为了保持礼貌,我说:"那真是遗憾,我为你感到难过,露比。"

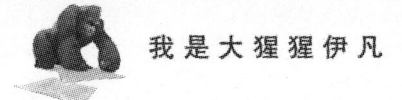

"人类杀了他们。"她说。

"不然还有谁?"鲍勃问。我们都沉默了。

史黛拉和露比

整个早上,史黛拉抚摸着露比,轻轻拍她、闻她。她们啪啪地摇晃耳朵,有时低吟,有时大吼。她们像跳舞般地摆动身体。露比一会儿抓着史黛拉的尾巴,一会儿钻到史黛

拉的肚子底下。

有时候,她们就只是依偎着对方,两只象鼻子交缠在一起,像丛林里的藤蔓。

史黛拉看起来好快乐。看着她们,比看电视上任何自然生态节目有意思多了。

独一无二的伊凡的家

乔治和麦克在商城外面的高速公路旁边。我从我的领地的一面窗户看出去,可以看到他们。他们高高地站在两把并排的木头梯子上,紧靠着广告牌,那广告牌召唤着汽车停下来观赏独一无二的伊凡——大力士银背猩猩。

乔治拿着水桶和长柄刷。麦克拿着很多张纸,他把纸用力贴在广告牌上,乔治便把长柄刷伸进水桶里,蘸了些液体,然后在纸上刷刷刷,纸竟然就固定住了。

他们贴了很多、很多张纸。

等到他们从梯子上爬下来,我才看清楚,他们在广告牌上加了一幅小象的肖像。那只小象斜嘴微笑。她戴着一顶红帽子,她的尾巴卷卷的像猪尾巴。她看起来不像露比。

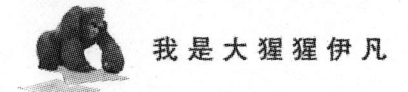

她根本不像一头象。

我才认识露比一天而已,我都可以把她画得更好。

美 术 课

露比问很多问题。她说:"伊凡,你的肚子为什么这么大?""你有没有见过绿色的长颈鹿?""人类吃的那种粉红色的云,你可以拿一朵给我吗?"

当露比问:"你墙壁上的那个是什么?"我向她说明,那是丛林。她说那些花没有香气,瀑布没有水,那些树木也没有根。

"我也注意到了。"我说,"那是艺术。用颜料画出来的图像。"

"你会做艺术吗?"露比问。

"当然,我会。"我说,我挺起胸膛,稍微强调一下,"我一直是个艺术家。我很喜欢画图。"

"你为什么喜欢?"露比问。

我犹豫了。我从来没有对任何人说过这件事,"我画图的时候,我感觉……心里有一种平静。"

露比皱眉头,"平静很无聊。"

"不一定。"

露比用鼻子搔了搔脖子的后面,"那你画些什么呢?"

"大部分是香蕉。我画的都是我的领地里的东西。礼品店卖我的画,一幅二十五美元,裱好框的。"

"裱好框是什么意思?"露比问,"什么是美元?什么是礼品店?"

我闭上眼睛,"我困了,露比。"

"你开过卡车吗?"露比问。

我没有回答。

"伊凡,"露比问,"鲍勃会飞吗?"

我的脑海中突然闪过一段回忆,吓我一跳。我想起我爸爸,正在太阳底下安安稳稳地打鼾,而我想尽办法要把他叫醒。

我突然明白,或许,爸爸其实根本没有睡得那么熟。

点　　心

"你的脚还好吗?老姑娘。"乔治问史黛拉。

史黛拉从铁栏杆之间伸出鼻子。她检查乔治衬衫右边的口袋,寻找他每天晚上带给她的点心,每天晚上从不间断。

乔治不会天天给我点心。他最喜欢史黛拉。我不介意,我也最喜欢史黛拉。

史黛拉发现乔治的口袋是空的。她用鼻子推了乔治一下,表达她的失望。茱莉亚咯咯笑起来。

史黛拉转向左边的口袋,找到一根胡萝卜。她敏捷地拿走它。

麦克经过这里。"男卫生间的马桶塞住了。"他说,"乱七八糟的。"

"我会去处理。"乔治叹了一口气。

麦克转身要离开。"喂,麦克,你走之前,"乔治说,"要不要看看史黛拉的脚?我想它又感染了。"

"真是的,这麻烦永远好不了。"麦克揉揉眼睛,"我会注意啦。只是,我们的财务很紧张,总不能她一打喷嚏就找兽医来吧。"

乔治来回抚摸着史黛拉的鼻子。她又检查一次他两边的口袋,只是确认罢了。

"抱歉了,姑娘。"乔治说。他眼睁睁看着麦克什么也不做就离开了。

大象的笑话

"伊凡?鲍勃?"

我眨眨眼睛。黎明的天空一片灰,夹杂着些许粉红,像用两支蜡笔画出来的图。我在阴影中辨认出露比,她正甩动鼻子打招呼。

"你们醒了吗?"露比问。

"现在醒了。"鲍勃说。

"史黛拉阿姨还在睡我不想吵醒她因为她说她的脚痛可是我真的,真的,"露比停下来,喘口气,"很无聊。"

鲍勃睁开一只眼睛,"你知道我无聊的时候做什么吗?"

"什么?"露比急切地问。

鲍勃闭上眼睛,"睡觉。"

"现在还很早,露比。"我说。

"我习惯早起。"露比的鼻子绕着一根铁栏杆卷啊卷

的,"在我以前的马戏团,我们总是天还没亮就起来然后我们吃早餐然后我们绕圈圈。然后,他们用铁链拴住我的脚,痛死了。"

露比安静了一会儿。鲍勃立刻发出鼾声。

"伊凡?"露比问,"你知道什么笑话吗?我特别喜欢跟大象有关的笑话。"

"嗯,好吧,我想一想。我曾经听麦克讲过一个。"我打了个哈欠,"嗯,你怎么知道大象有没有去过冰箱里?"

"怎么知道?"

"看奶油上的脚印。"

露比没有反应。我用手肘撑起身体,试着不要吵醒鲍勃,"明白吗?"

"什么是冰箱?"露比问。

"人类用的东西,冰冷的箱子上有门。他们把食物放在里面。"

"他们把食物放在门里面?还是箱子里面?箱子很大吗?"露比问,"还是很小?"

我发现这段对话大概一时停不了,于是我完全坐直了身体。鲍勃从我的肚子上滑下去,嘀嘀咕咕地抱怨。

我找到我的铅笔,就是我用牙齿咬断一半的那支铅笔。"来吧,"我说,"我画一个给你看。"

在微弱的光线下,我费了点儿时间才找到一张茱莉亚给我的纸。纸有点儿潮湿了,还沾了一抹橘色,大概是柳橙造成的。

我尽最大的努力画一台冰箱。断掉的铅笔不大听话,不过我尽力就是。

等我画完了,黎明的阳光已经绽放出漫画般艳丽的色彩。我举起我画的图给露比看。

她很认真地研究,把头歪向一边好让一只黑色的大眼睛对准我的图画,"哇!这是你画的!这就是你之前告诉我的吗?艺术?"

"当然。我会画各种东西。我特别会画水果。"

"你可以马上画一只香蕉吗?"露比问。

"没问题。"我把纸翻到另一面,开始作画。

"哇!"我把画好的图举起来,露比又发出赞叹,"看起来好像很好吃呀!"

她发出愉悦的、轻快的声音,是大象的笑声。我记得,很久以前,曾经有一只鸟就像这样唱歌。那是一只黄色的

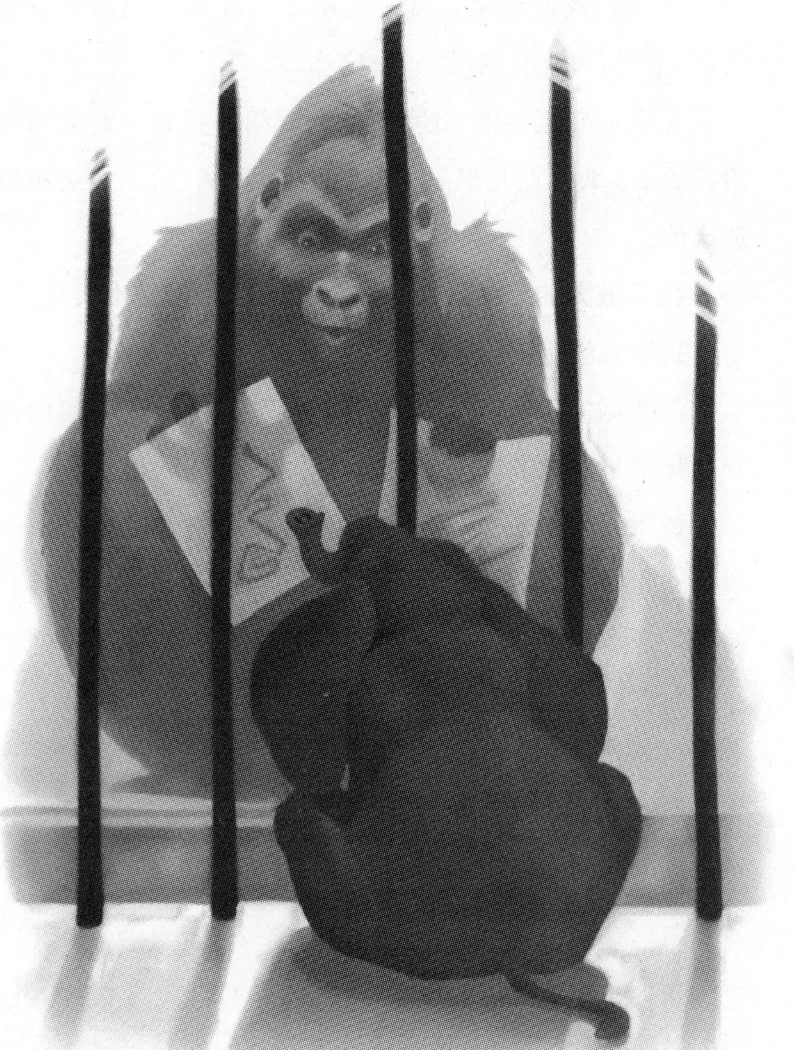

小鸟,她的声音像水在跳舞。

太奇怪了。我几乎已经忘了那只鸟,她总是在黎明时来叫醒我。那时候,我还安全地蜷缩在妈妈的怀中。

能使露比笑起来,带给我一种美好的感受。于是,我沿着纸的边缘画了一幅又一幅的图,一个柳橙、一颗糖果、一根胡萝卜。

"你在做什么?"史黛拉问,她试着移动她那只酸痛的脚时,又发出了低沉的呻吟。

"今天早上觉得怎么样?"我问。

"觉得年纪大了吧。"史黛拉说,"还好啦。"

"伊凡在画图给我。"露比说,"他还讲笑话给我听。史黛拉阿姨,我真的很喜欢伊凡。"

史黛拉对我眨了眨眼睛。"我也是。"她说。

"伊凡,你要不要听我最喜欢的笑话?"露比问,"美琪告诉我的。我以前那个马戏团里有好几只长颈鹿,她是其中之一。"

"好啊。"我说。

"是这样说的。"露比清了清嗓子,"大象有什么是其他动物都没有的?"

我是大猩猩伊凡

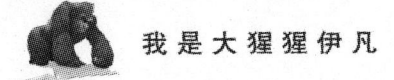

象鼻子，我想。可是我不回答，我不想破坏露比的兴致。

"我不知道，露比。"我说，"大象有什么是其他动物都没有的？"

"象宝宝。"露比说。

"这个笑话真好！露比。"我说。我看着史黛拉正用她的鼻子来回抚摸露比的背。

"真好。"史黛拉轻轻地说。

孩　　子

我曾经问过史黛拉，她有没有自己的孩子。

她摇摇头，"我从来没有机会。"

"你一定会是很棒的妈妈。"我对她说。

"谢谢你，伊凡。"史黛拉说，听起来显然很高兴，"我很乐意这样想。养育小孩儿是很大的责任。当然，你必须教会他们如何用泥浆洗澡，还要强调吃有纤维的食物对他们很重要。"

她的眼光转向别处，陷入沉思。

大象非常善于沉思。

过了一会儿,史黛拉又补充道:"我觉得,做父母最难的是,让你的宝宝远离伤害,保护他们的安全。"

"就像森林里的银背大猩猩那样。"我说。

"一点儿也没错。"她点点头。

"你一定也很会保护孩子。"我很笃定地说。

"我没这么有把握。"史黛拉凝视着周围的铁栏杆说,"一点儿把握也没有。"

停 车 场

乔治一边清洁我的窗户,一边在跟麦克聊天。

"乔治,"麦克皱着眉头说,"停车场那边不大正常。"

乔治叹了一口气,"我把这面窗户擦好,马上过去看看。有什么问题?"

"停了很多车,不正常吧,车啊!乔治。"麦克扑哧笑了出来,"我想生意果然要转好了。一定是因为广告牌的关系。大家看到象宝宝,就会想停下来,乖乖掏出辛苦挣来的钱。"

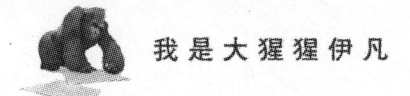

"是这样就好了。"乔治说,"我们真的需要多一点儿客人。"

麦克是对的。我注意到,自从他和乔治在广告牌上加了露比的画像,来参观的人变多了。他们挤在露比和史黛拉的领地前,看着这么迷你的象宝宝,发出啊啊呀呀的惊叹声。

我望着那面巨大的广告牌,那东西吸引人停下来掏出辛苦挣来的钱。我不得不承认,露比的画像挺可爱的,虽然一点儿也不像真正的大象。

不知道麦克能不能在我的画像上加一顶小红帽和一条卷尾巴。说不定,就会有更多游客来参观我的领地了。

我也需要一些啊啊呀呀的惊叹声。

露比的故事

"伊凡,拜托你,再讲一个笑话。"两点钟的表演结束后,露比要求我。

我只好承认:"我的笑话大概讲完了。"

"那么,讲故事好了。"露比说,"史黛拉阿姨在睡觉。我没事可做。"

我摸摸下巴,努力地思索。不知不觉中,我眺望着美食区的天窗,那些飞逝的象灰色云朵使我完全入迷了。

露比不耐烦地跺脚。"我知道了!我来讲一个故事给你听。"她说,"一个真正的、真实的、活生生的故事。"

"好主意。"我说,"是关于什么?"

"关于我,"露比压低她的声音,"关于我,关于我怎么掉进一个洞里,一个大洞。人类挖的洞。"

鲍勃竖起耳朵,来到玻璃窗前加入我们的谈话。他说:"我最喜欢关于挖洞的好故事。"

"一个很大的洞,里面满满的水,在一个村子附近。"露比说,"我不知道人类用它做什么。"

"有时候,只是为挖而挖也好。"鲍勃思索了一会儿说道。

"我们在找食物,"露比说,"我的家族和我。可是我走着走着,跟他们失散了,结果走到太靠近村子的地方。"露比看着我,两只眼睛睁得大大的,"我掉进洞里的时候,害怕极了。"

"当然会害怕。"我说,"要是我,我也会害怕。"

"我也是。"鲍勃承认道,"我还算是喜欢洞的呢!"

"那个洞很大很大。"露比的鼻子从栏杆之间伸出来,在空中画一个圆圈。"你们猜怎么样?"她没有等我们回答,"水淹到我的脖子,当时我真的相信我要淹死了。"

我颤抖着问:"然后呢?"

"我可以告诉你然后怎么样,"鲍勃用冷冷的口气说道,"他们抓了她,把她放进箱子里,送上船,然后她就在这里了。就像他们对史黛拉干的好事一样。"他停顿一下,搔了搔耳朵,"人类啊!连老鼠都比他们心胸宽大,连蟑螂也比他们仁慈,连苍蝇都……"

"不是的,鲍勃!"露比打断他的话,"你错了。那些人类帮了我。他们看到我被困住,赶快拿来很多绳子,在我的脖子和肚子上绕了好几圈。全村的人都跑来帮忙,有很小的孩子,还有爷爷奶奶们,他们全都用力拉啊、拉啊……"

露比突然停下来。她的睫毛湿了。我知道,她一定是回想起那天所有痛苦的感受。

"然后,他们把我救起来。"她轻轻地说完最后一句话。

鲍勃眨眨眼睛。"他们救了你?"他重复好几遍。

"我终于安全了的时候,他们全都高兴地欢呼呢!"露比说,"小孩儿喂我吃水果。然后,那些人类带我回到我的家族。花了一整天的时间才找到他们。"

"不可能!"鲍勃还是不相信。

"真的。"露比说,"我说的都是真的。"

"当然是真的。"我说。

"我以前听过类似这样的救援故事。"是史黛拉在说话。她听起来很疲惫的样子。她缓缓地移动脚步,走到露比身边,"人类有时候会出乎你的意料。灵长类啊,是无法预测的动物。"

鲍勃看起来并没有被说服。"可是,露比现在明明在这里啊。"他指出问题,"如果人类真的那么好,那是谁把她抓到这里来的?"

我很不高兴地看了鲍勃一眼。有时候,他真的太多嘴了。

露比咽了咽口水,我担心她会哭出来。可是,她再开口时,她的声音听起来很坚强,"坏人类杀死我的家族,坏人类把我抓到这里来。可是,那一天,在那个洞里,是人类救了我。"露比的头倚靠着史黛拉的肩膀,"那些人类是好人。"

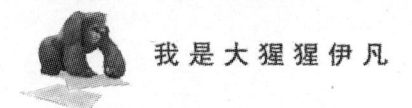

"不明白。"鲍勃说,"我没法理解他们。我永远理解不了。"

"不是只有你而已。"我说。我转过身,再次眺望远方飞逝的灰云。

大受欢迎

史黛拉的脚痛得太厉害,她没办法在两点钟的节目里表演高难度的把戏。于是,麦克拉着一跛一跛的她走进表演的场子里,让她在铺了碎木屑的地上绕着圈子走。

露比像一道影子似的紧紧跟在她后面。笑笑跳到史黛拉的背上,然后跳到她的头上,露比的眼睛睁得大大的。

四点钟的节目开始时,史黛拉勉强走到表演场子的入口,就走不动了。露比拒绝离开她身边。

七点钟的节目开演前,史黛拉留在她的领地里。麦克来带露比去表演,史黛拉在她的耳边小声说了些什么,她用恳求的眼神看着史黛拉,不过,过了一会儿,她还是跟着麦克走进表演的场子里。

露比孤零零地站在那里。强烈的灯光使她不停地眨眼

睛。她摆动两只耳朵。她举起鼻子发出细细的叫声。

人类停止吃爆米花。他们窸窸窣窣地说话。他们鼓掌。

露比大受欢迎。

我不知道应该高兴还是难过。

担　心

表演结束后,茱莉亚来了。她带了三本厚厚的书,一支

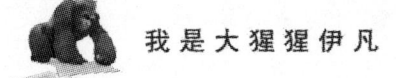

铅笔,还有一些她称为神奇马克笔的东西。

"伊凡,给你。"她说。她把两支神奇马克笔和一张纸从缝隙间塞进我的领地里。

我喜欢夕阳的颜色,红色和紫色。可是我现在不想涂色,我很担心史黛拉。整个晚上,她一直很安静,而且,一口晚餐也没有吃。

茱莉亚顺着我的目光看过去。她问:"奇怪,史黛拉呢?"她走到史黛拉的栅门前。露比伸长她的鼻子,茱莉亚拍拍它。"嗨,宝宝,"她说,"史黛拉还好吗?"

史黛拉躺在脏兮兮的干草堆上。她的呼吸听起来很急促。

"爸,"茱莉亚喊道,"你过来一下好吗?"

乔治放下手中的拖把。

"爸,你觉得她没问题吗?"茱莉亚问道,"你看她呼吸的样子。我们打电话给麦克好不好?我觉得真的很不对劲。"

"他一定知道她的情况。"乔治摸摸下巴,"他一直都知道。可是,请兽医要花很多钱的,茱莉亚。"

"拜托啦!"茱莉亚的眼睛湿了,"爸,你打给他啦。"

乔治注视了史黛拉一会儿。他把双手放在臀后两边，叹了一口气，然后打电话给麦克。

我没法完全听见他说的话，不过，我看见乔治的嘴唇紧紧抿成一条僵硬的直线。

大猩猩的表情跟人类的表情很相似。

"麦克说，假如史黛拉到明天早上还没有好一点儿，他就找兽医来。"他告诉茉莉亚，"他说他不会让她死掉的，他在她身上投资了那么多钱。"乔治摸摸茉莉亚的头发，"她会好起来的，她是很强悍的老姑娘呀。"

茉莉亚一直坐在史黛拉的领地旁边，直到回家。她没有做功课。她甚至没有画图。

承　诺

我听到史黛拉的呼唤，醒过来，看见我的领地笼罩在银白色的月光下。

"伊凡？"史黛拉用沙哑而微弱的声音轻轻喊着，"伊凡？"

"我在这儿，史黛拉。"我突然坐直起来，鲍勃从我的肚

子上滚下去。

我急忙去到窗前,看见露比靠在史黛拉的身边,睡得很熟。

"伊凡,我想要你答应我一件事。"史黛拉说。

"什么事都行。"我说。

"我以前从来没有要求过承诺,因为承诺是永远的事,而永远是很漫长的时间,超过一般的想象。尤其当你在笼子里的时候。"

"是领地。"我提出修正。

"领地。"她同意。

我尽量伸直,站得直挺挺的。"史黛拉,我答应你。"我用像我爸爸的声音对她说。

"可是你根本还不知道我要你答应什么。"她说完,闭上眼睛休息片刻。她巨大的胸膛不住地颤动。

"无论什么,我都答应。"

史黛拉沉默了很长一段时间。

"别管了,"她终于说,"我不知道我在想什么。这疼痛害我脑袋不灵光了。"

露比动了一下。她的鼻子举起来,仿佛要碰触什么事实上不存在的东西。

我开口了,我被自己说的话吓一跳,"你想要我照顾露比。"

史黛拉点点头,这个小动作让她痛得缩了一下,"希望她可以过得……跟我不一样。她需要一个安全的地方,伊凡。不要……"

"不要在这里。"我说。

答应不吃东西,答应不呼吸,答应不做大猩猩,可能都还比较容易。

"我答应你,史黛拉。"我说,"我以银背大猩猩的誓言向你承诺。"

知　道

早在麦克、鲍勃,甚至露比发现之前,我就知道史黛拉走了。

那种感觉,就像你知道夏天结束了,冬天快来了。我就是知道。

史黛拉曾经开玩笑地揶揄我说,大象比大猩猩优秀,

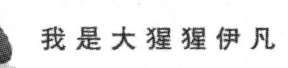

因为大象比猩猩更能感受喜悦和悲伤。

"你们大猩猩的心像冰块似的,伊凡。"她的眼睛闪烁着光芒,"我们的心像火一样。"

此刻,我愿意用世界上所有的酸奶葡萄干去换一颗像冰块似的心。

五个男人

老鼠是可靠的消息来源。鲍勃从老鼠那里听说,他们把史黛拉的尸体丢进垃圾车里。

五个男人和一台起重机。

安 慰

我一整天都在安慰露比,可是,我能说什么呢?

我能说,史黛拉过了美好快乐的一生吗?说她过了她应该过的生活?说她死的时候,最爱她的同伴就在她的身边?

幸好,最后一项是真的。

哭　　泣

茱莉亚哭了一整个晚上。她的爸爸扫地、拖地、擦灰尘、清理厕所。

乔治一见到麦克,就跑上前去。我隐约只听到几个字。兽医。早就应该。错了。

麦克耸了耸肩。他的肩膀垂下来。他离开的时候,什么也没说。

乔治来擦拭我的玻璃上的指印,他的面颊是湿的。他的眼神和我的眼神没有交集。

独一无二的伊凡

等所有的人类都离开了,我叫鲍勃去看看露比的情况。

他回来了,我马上问他:"她怎么样?"

"她一直在发抖。"鲍勃说,"我想办法把干草盖在她身上,而且我跟她说不用担心,因为你会救她。"

我是大猩猩伊凡

我瞪着他,"你跟她说什么?"

"你自己答应史黛拉的。"鲍勃低着头说,"我想让那孩子好过一点儿嘛。"

"我根本不应该做那个承诺,鲍勃。我当时只想……"我指向史黛拉的领地,片刻间,我好像完全忘记该怎么呼吸,"我只想让史黛拉高兴吧,我猜。可是我救不了露比。我连自己都救不了。"

我瘫在地上,背部贴着地面。水泥地总是冰冷的,可是今晚特别让人难受。

鲍勃跳到我的肚子上。"你是独一无二的伊凡,"他说,"大力士银背大猩猩。"

他舔我的下巴,却不是为了寻找食物。

"你说!"鲍勃强硬地要求。

我的目光转向别处。

"你说啊,伊凡!"

我不回答,鲍勃开始舔我的鼻子,弄得我终于受不了了。

"我是独一无二的伊凡。"我喃喃地说。

他说:"你永远不要忘记这件事。"

我望着美食区的天窗,史黛拉喜爱的月亮被一大片乌云遮住了。

很久以前

整个晚上,露比痛苦地呻吟和哭泣。我在我的领地里走来走去。我不愿意去睡觉,以防或许她会有什么需要。

"伊凡,"鲍勃轻声说,"睡一会儿吧,拜托。为了你自己,也为了我。"

鲍勃一定要躺在我的肚子上才睡得着。

我听到有动静。"伊凡?"露比喊道。

我急忙跑到窗边,"露比？你还好吗？"

"我很想史黛拉阿姨。"露比抽抽噎噎地说,"我还想我妈、我姐姐、我阿姨和表哥表姐他们。"

"我知道。"我想不出还能说什么别的。

露比吸了吸鼻子,"我睡不着。你有故事吗？像史黛拉阿姨那样的。"

"恐怕没有。"我只好承认,"故事是史黛拉独特的专长。"

"那跟我说你小时候的事情好了。"露比哀求道。她的鼻子从栅栏中间伸出来,"拜托啦,伊凡。"

我抓了抓后脑勺。"露比,我不记得。"我诚实地说。

"是真的。"鲍勃想帮我说话,"伊凡的记性很差,跟大象刚好相反。"

露比颤抖着深深叹了一口气,"嗯,好吧,没关系。伊凡,晚安。还有,鲍勃,晚安。"

我听着露比轻轻的啜泣,感觉时间过得特别慢,特别难以忍受。

我突然听到自己的声音,"很久以前,有一只大猩猩,名叫伊凡。"

然后,我慢慢地、努力地,开始回想。

咕　噜

人类称我出生的地方为中非——非洲中部,有很茂密的热带雨林。

那里非常美丽。

那里没有任何蜡笔画得出来。

大猩猩不会在孩子刚生出来的时候就给他取名字,这跟人类不一样。我们会先认识我们的宝宝。我们等着观察预告将来的线索。

我有一个双胞胎妹妹。我爸妈见到她那么喜欢跟着我在森林里到处跑,就给她取名叫"影子"。

噢,我多么喜欢跟我妹妹一起玩追影子的游戏啊!她很敏捷,可是当我非常靠近她的时候,她会突然跳到毫无防备的爸爸身上。我跟着加入,我们就在那宽大的肚子上跳啊跳啊,直到爸爸发出很大的"咕噜"声,像猪在找食物时的声音,那意思是:**够了!**

那个游戏我们永远玩不腻。

我是大猩猩伊凡

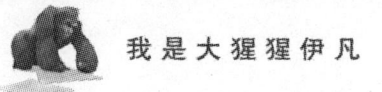

虽然,我爸爸可能不这么想。

泥　巴

我爸妈没有等很久,就找到适合我的名字。每一天,一整天,我都在画图。我画在石头上、树皮上,还有我可怜的妈妈的背上。

我会用树叶的汁液,或水果的果汁。不过,我多半是用泥巴来画图。

所以他们就给我取名叫:泥巴。

对人类来说,"泥巴"好像没什么大不了。但是对我来说,它的意义胜过一切。

保　护　者

我的家庭,人类称我们是一个家族,跟其他的大猩猩家庭差不多。我们总共有十只大猩猩,包括我爸爸——银背大猩猩、我妈妈、三只成年的母猩猩、一只未成年的公猩猩名叫黑背,还有两只年轻的猩猩。影子和我是家族里的小宝宝。

我们偶尔会吵吵闹闹,就像每个家庭一样。可是我爸爸知道,只要他露出不高兴的表情,我们就会守规矩了。大部分的时候,我们很乐意去做该做的事:吃、找食物、睡觉、游戏。

我爸爸很厉害,他会在早晨带我们找到最甜美的水果饱餐一顿,晚上带我们找到最棒的树枝做睡觉的窝。他具有银背大猩猩所应该有的一切特质:向导、教师、保护者。

他捶起胸来,没有任何其他大猩猩比得上。

完美的生活

猩猩宝宝、象宝宝和人类的宝宝其实没有很大的差别,只不过,猩猩宝宝可以整天骑在妈妈的背上,像牛仔骑在马上一样。从小宝宝的观点来说,这种生活方式还不错。

年轻的大猩猩会渐渐地、谨慎地开始探险,离母亲安全的臂膀越来越远。他要学习成年后所需要的生活技巧。比方说,如何用树枝做窝(编紧一点儿,否则到半夜就裂开了),如何捶胸(手掌拱成杯状,会更大声),如何利用藤蔓

我是大猩猩伊凡

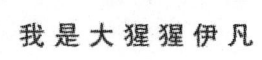

从一棵树荡到另一棵树（不要放手），如何保持仁慈、刚强和忠诚。

大猩猩的成长和其他动物的成长差不多。你犯错。你玩游戏。你学习。你不断重新来过。

有一段时间，这可算是一种完美的生活。

结　　束

有一天，一个安安静静、热气弥漫的日子，人类来了。

藤　　蔓

他们抓了我妹妹和我，把我们关在一个狭小、阴暗的木条箱子里，里面充满了尿水和恐惧的气味。

我突然明白，为了活下去，我必须让过去的日子死去。可是，我妹妹无法放掉我们的家。那个念头像藤蔓一样缠住她，绵延几千里远，安慰着她，压迫着她。

我们在木条箱子里，当她的眼睛盯着我却什么也看不见时，我就知道，那条藤蔓终于断掉了。

暂时的人类

麦克撬开了木条箱子，麦克把我买下来，麦克像养人类宝宝似的把我养大。

我包尿片。我用奶瓶喝奶。我睡在人类的床上，坐在人类的椅子上，听人类说话就像被一群生气的蜜蜂环绕着。

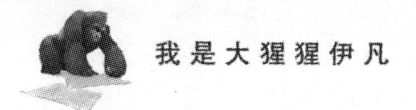

那时候,麦克有一个妻子。海伦常常笑,也很容易生气,尤其当我弄坏东西的时候,而那种情况还不少。

这些是我跟麦克与海伦住在一起时弄坏的东西:

一张婴儿床

四十六个玻璃杯

七盏灯

一张沙发

三幅浴帘

三根浴帘吊杆

一台搅拌机

一台电视

一台收音机

三根脚指头(我自己的)

我弄坏搅拌机,因为我挤了两条牙膏和一瓶胶水进去;我弄伤脚指头,因为我想抓着天花板上的吊灯荡过去;我打破四十六个玻璃杯……嗯,打破玻璃杯的方式还挺多的。

每个周末，麦克和海伦带我坐在他们的敞篷车里去快餐厅，他们会为我点薯条和草莓奶昔。麦克会把车开到点餐的地方，故意说："我想要多一点儿番茄酱给我的孩子，可以吗？"他喜欢看服务员听到这些话时脸上的表情。

我去看棒球赛，去超市，去电影院，甚至去马戏团（那里没有大猩猩）。我骑一辆小摩托车，吹生日蛋糕上的蜡烛。

我过着人类的生活，日子多彩多姿，不过我的父母亲（比较传统的那一对），恐怕不会赞同。

饥　　渴

我的新生活过得像人类一样，我被照顾得很好。我吃淋上千岛酱的生菜叶子和焦糖苹果，还有奶油爆米花。我的肚子鼓得像个气球。

可是，饥渴像食物一样，有各种形状和颜色。晚上，我穿着小熊维尼的睡衣独自躺在床上，一股强烈的饥渴油然而生，我很想有会梳理毛发的朋友老练地触摸我，很想听见玩打仗游戏时快乐的咕噜声，很想在暗处找食物时身边有家族给我的安全感。

要记得影子发生什么事,我告诉自己。不要再想丛林了。

然而,有时我清醒地躺着,希望有另一只像我一样的猩猩带给我温暖,希望夜晚时能睡在柔软的豹纹竹芋做成的窝。

我喜欢一口一口的汽水灌进我的嘴里,像冒着很多气泡的瀑布。可是偶尔我还是非常想寻找柔软的葛粉茎,想怎么也拿不到芒果的那种戏谑的感受。

静 物 画

有一天,海伦从外面回来,带了一个大大的、平板的东西,用棕色的纸包着。

"你看我今天买了什么。"她一边撕包装纸,一边很兴奋地说,"一幅画,可以挂在客厅沙发上方。"

"一盆水果。"麦克耸耸肩说,"有什么大不了。"

"这是纯艺术。它叫作静物画。"海伦解释道,"我觉得它很好看。"

我冲上前去,仔细地审视这幅画,惊叹它的色彩和形状。

"你看到没有?"麦克的妻子说,"连伊凡都喜欢它。"

"伊凡喜欢把大便滚成圆球去丢松鼠。"麦克说。

我无法把视线从画里的苹果、香蕉和葡萄移开。它们看起来那么真实,那么有吸引力,那么……好吃。

我伸手去碰葡萄,海伦打我的手。"坏小孩儿,伊凡。不准摸。"她用大拇指戳麦克一下,"亲爱的,去拿铁锤和钉子好吗?"

麦克和海伦在客厅忙着,我晃进厨房里。案台上,有一个铺满厚厚巧克力糖霜的蛋糕。

我喜欢蛋糕,事实上,我很爱蛋糕。不过,这时我脑袋里想的不是吃,而是画。

糖霜高高低低的,像小池塘里的水波。它看起来很浓郁、黏稠,暗暗的颜色,很平滑。

它看起来像泥巴。

我抓了一把糖霜。又抓了一把。

我朝冰箱的门走去。它很完美,像一大片空白的画布正等着我。

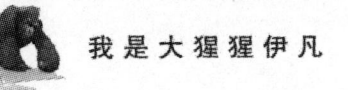

糖霜不像丛林里的泥巴那么好用。它比较黏，当然啦，也更吸引我去吃。

不过，我还是一直画。我把所有的糖霜都刮下来用。

我可能也吃了一点点蛋糕。

我不记得当时要画什么。很有可能是一根香蕉。我有预感，我要惹上麻烦了。

可是，我完全不在乎。我想做出一点儿东西，什么都好，像我以前那样。

我想再做一次艺术家。

处　罚

我很快就明白，人类会尖叫，甚至比猴子还大声。

从那次以后，他们再也不准我进厨房了。

小　宝　宝

回想那时候，巅峰商城比现在小很多。有骑小马的娱乐，有绕着停车场转的木头火车，几只脏兮兮的鹦鹉，和一只脾气不大好的蜘蛛猴。

不过,麦克把我这只穿着笔挺燕尾服的大猩猩宝宝带进商城以后,情况就改变了。

人们从四面八方来,为了跟我照相。他们送我积木和玩具吉他。他们把我抱起来放在大腿上。有一次,我甚至抱一个小宝宝放在我的大腿上。

她很小,又很滑溜。她的唇边一直流出泡沫。她紧紧抓着我的手指头。她的屁股塞得鼓鼓的,两条腿像弯曲的小树枝。

我做鬼脸,她也做鬼脸。我咕噜咕噜,她也咕噜咕噜。

我实在很怕她会掉下去,便用力紧紧抱住她,结果她妈妈猛然把她抱走了。

不知道我妈妈有没有担心过我们掉下去。我们总是抓得很牢,当你的妈妈全身毛茸茸时,才比较容易这样做。

人类的小宝宝真丑。不过,他们的眼睛很像大猩猩宝宝的眼睛。

这样的眼睛对他们的脸来说太大了,对这个世界也是。

我是大猩猩伊凡

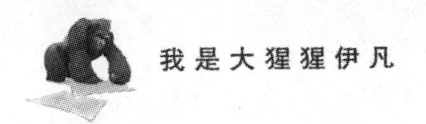

床

连续几个星期大声讲话之后,有一天,海伦收拾了行李,重重甩上门,再也没有回来了。

我不知道为什么。我从来不知道人类为什么这样,为什么那样。

那天晚上,我跟麦克睡在他的床上。

我以前的窝是用树叶和树枝编起来的,形状就像麦克的浴缸,像凉凉的、绿色的茧。

麦克的床跟我的床一样,又平又热,没有树枝也没有星星。

他睡觉时还是从肚子里面发出呼呼的声音,跟以前我爸爸觉得安稳时发出的声音一样。

我的地方

麦克越来越沮丧。我越长越大。我变成我本来该有的样子,大到坐不进椅子里,壮硕到无法拥抱。最后,我的体

积不再适合过人类的生活了。

  我试着保持冷静,有尊严地移动。我尽力吃得很干净。可是,人类的方式很难学,尤其当你不是人类的时候。

  我第一眼见到我的领地时,兴奋极了,谁不会呢?没有家具可破坏。没有玻璃杯可打碎。没有马桶可让麦克的钥匙掉进去。

  竟然还有用轮胎做成的秋千。

  有一个属于自己的地方,让我松了一口气。

  只是,我没想到我会在这里住这么久。

  现在,我喝百事可乐,吃放了很久的苹果,看回放的电

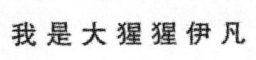

视节目。

不过,大部分的日子,我都忘了我本来该有的样子。我是人类?还是大猩猩?

人类有这么多字,比他们真正需要的多太多了。

可是,他们还是没有适合我的名字。

九千八百七十六天

露比终于睡着了,我看见她的胸膛起起伏伏。鲍勃,也在打鼾了。

可是,我的心还翻腾不已。或许是因为,这是我第一次回想以前的事情。

我不得不说,我记得的这个故事有个奇怪的结构:开头很曲折,中间的过程没完没了,漫无止境。

我每一天都在计算和人类一起生活的日子。大猩猩和人类一样会计算,虽然这项技术在野外没有什么特别的用处。

我忘了很多事情,然而,我总是很清楚地知道我在自己的领地里过了多少天。

我用茉莉亚给我的奇异笔，在彩绘丛林的墙壁上画一个×，小小的×。

我画了更多的×，越画越多。我为每一个跟人类生活在一起的日子，画一个×。

我画的记号就像这样：× × × × × × ×

整个晚上，我数算日子画下记号，画完了以后，我的墙壁看起来就像这样：

我是大猩猩伊凡

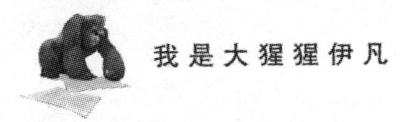

我一直画一直画。

直到有九千八百七十六个×，仿佛丑陋的虫子列队在我的墙上爬行。

探 望

天快亮的时候，我听到脚步声。是麦克。他身上有一股呛鼻的气味。他摇摇晃晃地走过来。

他站在我的领地旁边。他的眼睛红红的。他怔怔望着窗外空荡荡的停车场。

"伊凡，兄弟。"他喃喃地说，"伊凡。"他的前额贴在玻璃窗上，"我们一起经历了很多事啊，你和我。"

新 的 开 始

我们有两天没见到麦克。他又出现时，绝口不提史黛拉。

麦克说他要赶紧教露比一些把戏。他说广告牌招来了比以前更多的客人。他说我们应该有新的开始。

从午后到傍晚,麦克一直在训练露比。露比的脚上绑着绳子,使她不能跑。一条沉重的铁链挂在她的脖子上。麦克向她介绍史黛拉的球,她的柱子和凳子。他向她介绍笑笑。

露比顺从麦克时,他会给她一小块糖或一点儿苹果干。她不听话时,他就大喊大叫,狠狠地踢地上的碎木屑。

乔治和茱莉亚到这里的时候,麦克还在训练露比。茱莉亚坐在长椅上,看着他们。她画了一下子,不过,大部分的时间她的眼睛一直盯着露比。

鲍勃也在看。他躲在我的领地角落里,藏身在假影子的下方。外面下雨,鲍勃不喜欢把脚弄湿。

露比蹒跚地跟在麦克后面,她的头垂得低低的。他们不停地绕着圈子走,一直绕啊绕啊绕啊。有时候,麦克会从她的侧边用手重重地拍她几下。

突然,露比猛然停下来。麦克使劲拉铁链,但露比就是不肯动。

"走啊,露比。"麦克听起来几乎像在请求,"你有什么问题啊?"

"她累得没有力气了,"我自言自语道,"那就是问题。"

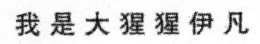

麦克抱怨:"笨蛋大象。"

"笨蛋人类。"鲍勃嘀咕道。

"露比,走吧。"我说。虽然我知道她离我太远,听不到我说的话,"照他的话做。"

"快走!"麦克命令,"立刻给我走!"

露比没有走。她咚地一屁股坐在碎木屑地板上。

"我想她大概累了。"茱莉亚说。

麦克用手臂拭去额头上的汗,"是啦,我知道。我们都累了。"

他用靴子的后跟推了推露比。

她不理他。

乔治从美食区那边看过来,他正在擦桌子。"麦克!"他大喊,"说不定你也该休息了。我要关门了。"

麦克用力拉露比脖子上的铁链。她好像树桩似的定在那里,一动也不动。他拉得更用力,结果失去平衡跪倒在地上。

"够了!"麦克说。他拍掉牛仔裤上的碎木屑,"我可没有耐性一直跟你闹着玩。"

麦克气冲冲地走进办公室。他回来时,手里拿着一根长长的棍子。棍子的一端是个闪闪发亮的钩子,几乎像银色的月亮一样美丽。

那是尖爪棍。

麦克用尖锐的部分戳了露比一下。没有很用力。只是轻轻碰一下。

我看他只是想让她知道,那玩意儿可能会让她有多痛。

我从喉咙里发出低吼。

露比不为所动。她像灰色的、静止不动的圆形石头。她闭上眼睛,有好一会儿,我猜想她是不是睡着了。

"我警告你!"麦克说。他吐了一口气,两眼瞪着天花板。

露比发出声音,像在生气。

"好!"麦克说,"是你自找的!"

他拿着尖爪棍向后举起。

"不要!"茱莉亚大叫。

"我不会伤害她。"麦克说,"我只是要她听我的。"

鲍勃露齿而吠。

麦克挥棍。尖尖的钩子在空中扫过去,离露比的头顶

我是大猩猩伊凡

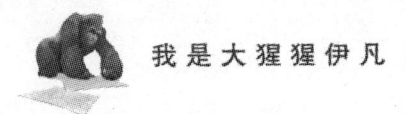

只有几寸的距离。

"看到没有？不要惹我！"麦克说。他又拿着尖爪棍向后举起，"快啊，走吧！"

露比突然转头，摇晃她的鼻子朝麦克甩过去。

她发出的响声，使碎木屑四散飞扬，也震动了我的玻璃窗。

那是我所听过最美丽的怒吼了。

露比的鼻子打中了麦克。

我看不清楚她究竟打中他哪里，我想或许是肚子下面，总之我知道他一定很难受，因为麦克丢下尖爪棍，倒在地上，蜷缩成一团，像个小宝宝似的哀号。

"正中目标。"鲍勃说。

可怜的麦克

麦克不断呻吟。他摇摇晃晃地站起来，歪歪倒倒地走向他的办公室。露比望着他走开。我读不懂她脸上的表情。她害怕吗？放心了吗？自豪吗？

等麦克离开以后，乔治和茱莉亚引导露比走出表演场子。"没关系,宝贝,没关系的。"茱莉亚一边说,一边摸摸露比的头。

他们让露比在她的领地里安顿下来,确定她有新鲜的水和食物。没多久,露比就打瞌睡了。

乔治为露比关上铁门时,茱莉亚问他:"爸,你认为麦克有可能会伤害露比吗?"

"我想,不会吧,茱莉亚。"乔治说,"至少我希望不会。"

"或许我们可以打电话找人帮忙。"

乔治搔了搔下巴。"我当然希望能帮露比,可是我不知道该怎么办。我是说,要打电话给谁?大象警察吗?何况,"乔治低头看着地面,"我需要这个工作,茱莉亚。我们需要这个工作。想想你妈妈,医疗费用……"他在茱莉亚的头上亲了一下,"该工作了。你和我都是。"

茱莉亚叹了一口气,伸手拿起她的背包。她拿出一张纸,一瓶水,一个小铁盒。

"先做功课。"乔治摇着一根手指头说,"然后才可以画图。"

"是美术课的作业。"茱莉亚解释道,"我们要画水彩画。我想画露比。"

我是大猩猩伊凡

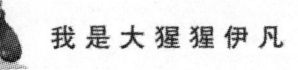

乔治微笑着说:"那好吧。别忘了要练习拼写。"

"爸,"茱莉亚又问,"露比打中麦克的时候,你看到麦克脸上的表情了吗?"

乔治点点头。"看到了啊。"他很严肃地回答,"我看到了。"他摇摇头,"可怜的麦克。"

他转身离开,那时,我听见了他的笑声。

颜　色

茱莉亚打开铁盒子。我看见一排小小的方格子。绿色、蓝色、红色、黑色、黄色、紫色、橘色,这些颜色看起来很灿烂。

她拿出一支笔,尾端有一小撮细毛。她拿笔蘸了水,把纸弄湿,然后在红格子里点了几下。

画笔碰到湿的纸时,一瓣一瓣的粉红像早晨的花朵绽放开来。

我的视线离不开那支神奇的画笔。一刹那,我没有想到露比、麦克、尖爪棍和史黛拉。

几乎没有。

茱莉亚又蘸了一些红色,然后蓝色,突然间,出现了熟葡萄般的紫色。她又蘸了些蓝色,她的纸变成了夏日的天空。黑色和白色,现在,我看出来她画的是露比。我可以辨认出她大大的耳朵、粗粗的腿。

茱莉亚停止画图。她向后退了几步,两手叉腰,注视着她的作品。

她皱起眉头,不高兴地说:"不对。"她转头看着我。我试着做出鼓励的表情。

茱莉亚动手要把纸揉成一团,突然停下来,又想了想。然后,她把那张纸从玻璃的破洞塞进我的笼子里。"给你,"她说,"一幅茱莉亚的原画。有一天会值好几百万哟!"

我小心地捡起那张纸。我一口也没有咬下去。

"哎呀!我差点儿忘了!"茱莉亚跑去拿背包。她拿出三个塑料罐,分别是黄色、蓝色和红色。

她打开罐子,一股奇特的、不像食物的气味扑鼻而来。茱莉亚把那些罐子一个接一个从破洞里推进来。然后,她塞进来几张纸。

"这些是手指画的颜料。"她说,"我阿姨给我的,可是,说实话,我已经长大了,不画手指画了。"

我是大猩猩伊凡

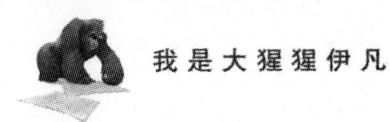

我把一根指头伸进红色的罐子里。颜料像泥巴一样浓稠。凉凉的,很滑顺,像脚底下的香蕉。

我把指头放进嘴里。没有熟芒果的味道,不过也不坏。

茱莉亚大笑。"不是给你吃的啦。是用来画图的。"她随手抓起一张纸,把手指按在上面,"你看,就像这样。"

我把我的手指按在一张纸上。我把手指举起来,纸上出现一个红印子。

我抓起满满一大把颜料,把整个手掌压在纸上。当我把手掌拿开时,纸上出现一个红色的、一模一样的手掌印。

这不像游客在我的玻璃窗上留下的那些朦胧的手印。

这幅手印不会那么容易就被擦掉。

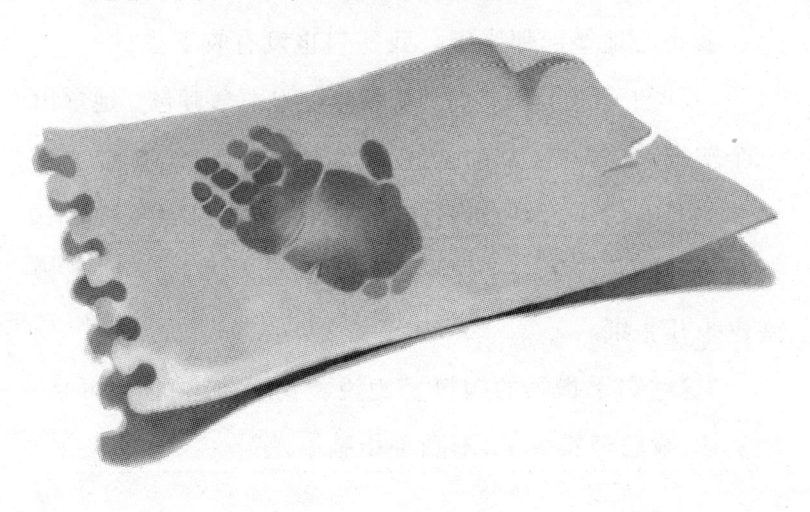

噩　梦

我清醒地躺着,剥着指尖上干掉的红色颜料。鲍勃不小心踩到了一张我画的图,正在舔红色的脚掌。

偶尔,我的视线会飘到空荡荡的表演场。那根尖爪棍在月光下闪闪发亮。

"停止!不要!"露比惊恐的哭喊声吓了我一跳。

"露比!"我喊道,"你做噩梦了。你好好的。你很安全。"

"史黛拉呢?"她喘着气问。我还来不及回答,她就说:"不要紧,我想起来了。"

"再睡吧,露比。"我说,"你累了一天了。"

"我不敢睡。"她说,"我怕我会再做同样的梦。有一根尖尖的棍子,很痛……"

我看着鲍勃,他看着我。

"噢,"露比说,"噢,麦克。"她把鼻子放在栏杆之间。"你想……"她犹豫了一下,"你想麦克会不会因为我今天打伤他就生我的气?"

我考虑要不要说谎,可是大猩猩是很差劲的骗子。"可

能会。"我终于回答。

"他后来跑走了。"露比说。

鲍勃轻蔑地笑了,"应该说爬走了。"

我们静默了一会儿。树枝摩擦着屋顶。小雨滴滴答答的。有一只鹦鹉在睡梦中喃喃低语。

露比打破沉默,"伊凡?我闻到奇怪的味道。"

"他没法控制自己。"鲍勃说。

"我想她指的是茱莉亚今天给我的手指画颜料。"我说。

"什么是手指画颜料?"露比问。

"用来画图的。"我解释。

"你可以画我吗?"

"或许有一天吧。"我想起茱莉亚的画,那幅值好几百万的画。我把它举起来贴在玻璃上,"你看,这就是你。茱莉亚画的。"

"看不清楚。"露比说,"没什么月光。我怎么会有两条鼻子?"

我检视那幅画,"那些是脚。"

"我怎么会只有两只脚?"

"那是艺术手法。"鲍勃说。

露比叹了一口气。"你可以再讲一个故事吗?"她问,"我想我不可能再回去睡了。"

"我记得的全都告诉你了。"我无奈地耸耸肩说。

"那你讲一个新的故事吧。"她说,"编一个也好。"

我努力地想,可是我的脑海中不断浮现麦克和他的尖爪棍。

"想好了吗?"露比问。

"我还在努力。"

"伊凡,"露比催促着,"鲍勃说你会救我。"

"我……"我搜寻真实的字眼,"我还在努力。"

"伊凡,"露比压低声音,我几乎听不见她说什么,"我还有一个问题。"

我从她的声音判断,这将是个我不想回答的问题。

露比用鼻子轻轻拍着生锈的铁栏杆。"你认为,"她问,"我会不会有一天死在这个领地里,像史黛拉阿姨一样?"

我又在考虑要不要说谎,可是当我看着露比,那些话到嘴边又吞回去了。我改说:"如果我帮你,你就不会。"

好像有什么东西压迫着我的胸口,黑暗、火热的东西。

我是大猩猩伊凡

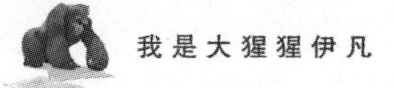

"还有,这不是领地。"我加上一句。

我停顿一会儿,才把话说出来,"这是笼子。"

故　　事

我望着表演场,那里铺上了新的碎木屑。我望着天窗,看见半遮掩的月亮。

"我刚想到一个故事。"我说。

"是你编造的还是真实的?"露比问。

"真实的。"我说,"我希望是真实的。"

露比倚着栏杆。她的眼睛里映着朦胧的月亮,宛如平静的池塘映着星星。

"很久以前,"我说,"有一只象宝宝。她很聪明、勇敢,她需要去一个叫作动物园的地方。"

"动物园是什么?"露比问。

"动物园是一个让人类补偿动物的地方。一个好的动物园,会让人类照顾动物,保护他们的安全。"

"结果那只象宝宝去了动物园吗?"露比轻轻问。

我没有马上回答。"是的。"我终于说了。

"她怎么去的?"露比问。

"她有一个朋友,"我说,"一个许下承诺的朋友。"

怎 么 做

花了很长的时间,不过最后露比终于又睡着了。

"伊凡,"鲍勃打了个哈欠,小声地说,"你刚才说……动物园的事。你要怎么做?"

我突然觉得,我宁可睡上一千天。"我不知道。"我承认。

"你会想到办法的。"鲍勃很有信心地说。他的声音越来越小,闭上了眼睛。

"万一我想不出来呢?"我问,但鲍勃已经睡着了。

他小小的红脚像在跳舞,我知道他在他的梦里奔跑。

记 得

鲍勃和露比睡得很熟。

我不想睡。我想到我对史黛拉所做的承诺,还有我为

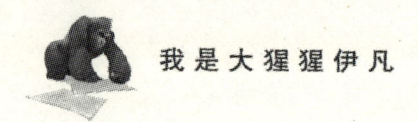

露比画的那些图。我记得。

我全都记得。

他们做的事

人类把妈妈杀死的时候,我妹妹和我正紧紧抓着她。

接着,他们开枪打死我爸爸。

然后,人类砍下他们的手、他们的脚和他们的头。

买别的东西

我的笼子附近有一间杂乱的、充满霉味的商店。

那里贩卖的烟灰缸,是用大猩猩的手做的。

另一个伊凡

天亮了,停车场的露水闪烁着,我望着高速公路上的广告牌。

那里的我,独一无二的伊凡,沐浴在黎明的粉红色光辉中。我看起来很生气,皱着眉头,紧握拳头。

我看起来跟人类出现那天我爸爸的样子很像。

这里的我,大概比较倾向和平。大部分的时候,我看着世界从我面前经过,脑袋里只想着睡觉、香蕉和酸奶葡萄干。

可是在我里面,隐藏着另一个伊凡。

他可以扯断一个成年男人的手和脚。

他可以在蛇吐出舌头尝一口空气的那一瞬间,尝到复仇的滋味。

他是广告牌上的伊凡。

我注视着那个独一无二的伊凡和褪色的史黛拉的画像,我记起乔治和麦克站在梯子上加贴露比的画像,招揽新的游客来八号出口的巅峰商城和电子游乐场。

我记起露比讲的故事,许多村民来拯救她的故事。

我听见史黛拉仁慈、智慧的声音:人类有时会出乎你的意料。

我看着我的手指头,沾满红色颜料,血的颜色,我知道该如何实现我的承诺了。

113

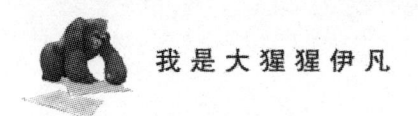

第三章 伊凡的承诺

白 天

一个又一个白天,我等待。一个又一个夜晚,我画图。

麦克带露比去表演时,我就很担心。

他现在总是随身带着那根尖爪棍。他没有使用它。用不着。

露比不再反抗了。无论麦克叫她做什么,她都会照着做。

夜 晚

我闭上眼睛,把手指伸进颜料里。

每画完一张,我就把它放在旁边晾干。

一张纸,那么小。我需要很多很多张才行。

我接着画下一张、再下一张、再下一张。

这将是一幅巨大的拼图,我要一块、一块地把它拼出来。

到了早晨,我的地板铺满图画。

趁麦克还没看到之前,我把那些图画藏在脏水池底下。我不想让它们被拿到礼品店里,一张卖二十美元(裱框的要二十五美元)。

我画这些图,每一张,都是为了露比。

计　　划

"伊凡,"有天早上我正想睡觉时,露比问我,"你为什么白天还那么想睡觉?"

"因为,我晚上都在进行一项计划。"我告诉她。

"什么是计划?"

"计划,嗯……是一件事情。一幅画。事实上,是为了你。"我回答她。

露比看起来很高兴,"我可以看吗?"

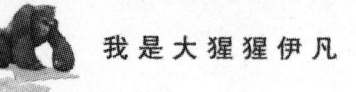

"还不行。"

露比无奈地踏了踏绑着绳子的脚。她吸了一口气,"伊凡,我今天一定要跟麦克去表演吗?"

"恐怕是的,我很抱歉,露比。"

露比把鼻子伸进水桶里。"没关系。"她说,"其实我自己知道答案。"

不 对

又到了晚上,大家都睡了。我看着一张刚画好的图,数十张之一。

它看起来又脏又破,一片模糊。

我把它摆在其他图旁边,在地上排列开来。

颜色不对。形状不准确。看起来什么也不像。

这不是我想要创造的。这不是它应该有的样子。

不对。

但我不知道为什么。

广告牌在停车场的另一边,一如往常地招揽着:

欢迎来到八号出口的巅峰商城和电子游乐场,这里是

独一无二的伊凡、大力士银背大猩猩的家!

假如我会用人类的话来说我需要说的,事情就容易多了。

可是呢,我只有颜料和一堆破破烂烂的纸。

我叹了一口气。我的手指像丛林里的花朵般绚烂。

我再试试看。

原地踏步

我看着露比拖着沉重的脚步在表演场里不停地绕圈圈,像永无止境的原地踏步。

游客的确增加了,但是不够多。麦克说,露比没有解决财务上的问题。他说他要减少我们食物的开销。他说为了省钱,晚上要关掉暖气。

我觉得露比变瘦了,身上的皱纹比史黛拉还多。

"你觉得露比吃得够多吗?"我问鲍勃。

"我不知道。不过我可以告诉你一件事,你绝对画得够多了。"鲍勃皱起鼻子,"这臭味简直太不正常了。我今天早上还居然发现我尾巴上有黄色的颜料。"

我是大猩猩伊凡

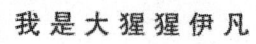

鲍勃很不高兴我晚上画图。他说那样是违反自然。

现在,我画图的时候,鲍勃睡在假影子上。他宣称比较喜欢她,因为她不会打鼾。他说她的肚子不会起起伏伏的害他像晕船。

"你到底在计划什么呀?"鲍勃问我,"你跟我解释解释,说不定我能帮你。"他不停地啃着他的尾巴,"说不定我会想出好办法,根本用不着……你这些颜料。"

"我没法解释。"我对他说,"是我脑子里的一个想法,可是我没法把它弄清楚。反正,我的材料快用完了。我早该知道我有的这些根本不够。"我踢了轮胎秋千一脚,它上面的蓝色颜料纷纷溅落下来,"是个笨想法。"

"我不相信。"鲍勃说,"臭是真的,笨吗?不可能。"

坏　　人

白天我几乎都在睡觉。接近傍晚时,麦克来了。

鲍勃钻到假影子底下。他尽量不要引起麦克的注意。

麦克的目光落在我的水池。有一张图画露出了一角。

"那是什么?大个子。"他问。

我保持平静地吃着橘子,不理会他。可是我的心跳得很快。

麦克踢了一下我的塑料水池。所有的图画都在水池底下。

麦克用力抽出那张纸。它很轻易地滑出来,而他好像没有注意到还有其他的画。

纸上布满绿色的条纹,那是蓝色颜料和黄色颜料混合在一起的结果。我本意是要画一片草地。

"不错嘛。你哪儿来的颜料?乔治的小孩儿给的?"他想了一会儿,"嗯,我打赌这张画可以卖三十美元,甚至四十美元也说不定。"

麦克打开我的电视,是西部片。有一个人类有一顶大帽子和一把小手枪。他的胸前挂着一个亮晶晶的星星。那表示他是警长,他会除掉所有坏人。

"如果这张卖得很快,我会给你更多的颜料,兄弟。"麦克说。

119

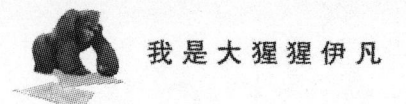

他带走了我的图画。露比的图画。好一会儿,我想象着当警长会是什么样的感觉。

广　告

等麦克走远了,听不到我们说话了,鲍勃才说:"好消息,是吧?看起来你可能会有更多材料可用了。"

"我不想为麦克画图。"我说,"我要为露比画图。"

"你两样都可以做。"鲍勃说,"毕竟,你是艺术家啊。"

我一边看电影,一边想着找一个新的地方藏我的图画。我想,说不定等图画晾干以后,我可以把它们折起来,塞进假影子里面。

电影很长。最后,警长娶了一个女人,她有一间酒馆,那里有很多水给人喝,不给马喝。

我已经很久没有看到西部爱情电影了。

"我喜欢这部电影。"我对鲍勃说。

"马太多,狗太少。"他评论道。

接着是广告。

我不懂广告。它们不像西部电影,让你知道谁是坏人,而且,它们几乎很少有爱情,除了男人和女人刷牙然后舔脸颊以外。

我看着一个腋下除臭剂的广告。"假如人没有体味的话,你怎么分辨谁是谁?"我问鲍勃。

"人类很臭。"鲍勃回答,"他们没注意到,因为他们的鼻子不够灵敏。"

接着是另一则广告。我看到许多小孩儿和他们的爸爸妈妈在买票,就像麦克卖的那种东西。他们开怀大笑,边走边享用他们的冰淇淋。

他们停住脚步,观赏两只睡眼惺忪的猫——体型庞大,身上有许多条纹,在大草原上打瞌睡。

是老虎。我知道,因为我曾经在自然节目里见过。

屏幕上闪过很多字,伴随着一幅红色的长颈鹿图像。长颈鹿消失了,我看见一个人类的家庭注视着另一种家庭——大象的家庭,有老有少。他们的四周有岩石、树木、草和随意走动的空间。

那是野外的笼子。一座动物园。我看见它从哪里开始,哪里结束,有一面墙好像在说:你们属于这里,我们属于那里,永远不会改变。

我是大猩猩伊凡

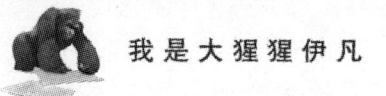

那不是完美的地方,即使它只在我的电视屏幕上快速地出现几秒钟,我也看得出来。完美的地方不需要墙。

不过,那是我需要的地方。

我盯着那些大象,然后看看露比,她显得又小又孤单。

在广告结束之前,我尽力记下每一处细节。岩石、树木、尾巴、象鼻子。

正是我需要画的图。

想　　象

我现在画图,跟以前不一样了。

我画的不是眼前看到的东西:一根香蕉,一个苹果。我画的是脑海里看到的东西,现实里不存在的东西。

至少,目前还不存在。

假　影　子

我把假影子身体里面的填充物掏出来。我小心地把我的图画塞进去,这样藏在里面,麦克就不能拿去卖了。她的体积不小,比鲍勃还大,不过我还是得把其中几张图揉得皱皱的才行。

鲍勃想在她的上面睡午觉。"你杀了她。"他抱怨。

"我必须这么做。"我说。

"我想念你的肚子。"鲍勃承认,"它比较……宽敞。"

茱莉亚来了,她注意到我把颜料和纸都用完了。"哇!"茱莉亚摇着头说,"你是个很认真的艺术家哟,伊凡!"

还需要一样东西

我的手指画卖了四十美元(裱了框的)。麦克很高兴。他给我一大沓纸和几大桶的颜料。

"快画吧。"他说。

我白天为麦克画图,晚上为露比画图。

可以的时候,就小睡一下。

可是,我晚上画的图看起来好像不对。它真的很大。我把画好的图放在笼子里的地上,一张接着一张排列整齐,几乎盖满了整片水泥地。

可是,好像还少了什么。

鲍勃说我疯了。"这是露比。"他用鼻子指着图画说,"那是动物园。那里有其他的大象。哪里不对?"

"我还需要一样东西。"我说。

鲍勃不满地哼了一声,"你是个神经质的艺术家。哪有少了什么?"

我盯着那一大片颜色和形状。我不知道怎么向鲍勃解释,这幅图画还没有完成。

"我只好再等等。"我最后说,"那样东西会来找我,然后我就知道,我的图画终于完成了。"

七点钟的表演

露比那天做最后一场表演时,看起来很疲惫。她差点儿跌倒,麦克伸手去拿尖爪棍。

我紧张死了,等着看她反击。

露比毫不为所动。她继续拖着沉重的脚步往前走,过了一会儿,笑笑跳上她的背。

一 个 字

我躺在笼子里,鲍勃躺在我的肚子上。我们一起看着茱莉亚做功课。

她好像不是很乐意。我知道,因为她一直叹气,比平常多很多。

我还在想,想了第一百次,或许第一千次,我的图画到底少了什么。

可是,即使已经第一百次,或许第一千次,我还是没有答案。

我是大猩猩伊凡

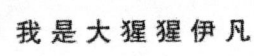

乔治拿着拖把经过时,茱莉亚叫住他:"爸,我问你一个问题。"

"要说'请问'。"乔治纠正她,"问吧。"

茱莉亚低头看着一张纸,"P-R-I-N-C-I-P-A-L 和 P-R-I-N-C-I-P-L-E 这两个词,有什么不一样?"

"第一个词是指学校的校长,像贾西亚女士。第二个词是一种信念、原则,帮助你分辨对错。"他微笑着说,"比方说,替我女儿做她的功课就违反我的原则。"

茱莉亚抱怨着说:"如果我长大以后要做艺术家,为什么需要知道怎么拼单词呢?"

乔治大笑一声,转身离开了。

我想,可怜的茱莉亚。大猩猩没有学怎么拼单词,照样过得好好的。那些没完没了的字母,那些横线,那些圆圈和弯弯曲曲的线条,布满了书本、杂志、广告牌和糖果包装纸。

字。

人类喜爱他们的字。

我跳起来。

鲍勃飞出去,直接落入水池里。

一个字。

"你知道我多讨厌把脚弄湿!"鲍勃大叫。他慌张地爬出水池,懊恼地想甩掉每只脚上的水。

我望着窗外的广告牌。我的脑子里响起麦克的声音:

欢迎来到八号出口的巅峰商城和电子游乐场,这里是独一无二的伊凡、大力士银背大猩猩的家!

我一直数到最后一个字,然后又数了一次,一定要非常确定才行。

H

我排出十六张海报纸。直的四张,横的四张。

完美的正方形。

"你要做什么?"鲍勃质问我,"我猜跟睡觉无关吧。"

"跟广告牌有关系。"

"那个告示牌丑死了。尤其是居然没有把我画上去。"

我抓起装红色颜料的桶子。"你不在广告牌上,因为你没有在表演节目里。"我提醒他。

"技术上来说,我根本不住这里。"鲍勃嗤之以鼻地说,

我是大猩猩伊凡

"我自愿选择无家可归。"

"我知道。我只是说说而已。"

我仔细研究广告牌。然后我画了两条粗粗的直线,像扫把的柄。再画一条粗粗的横线连接它们。

我退后几步,"你觉得怎么样?"

"那是什么?等一下,我猜猜看。是梯子吗?"

"不是梯子。"我说,"是一个字母。至少我想他们是这么说的。我还要再画三个。"

鲍勃蜷着身体依偎在假影子旁边。"为什么?"他打着哈欠问道。

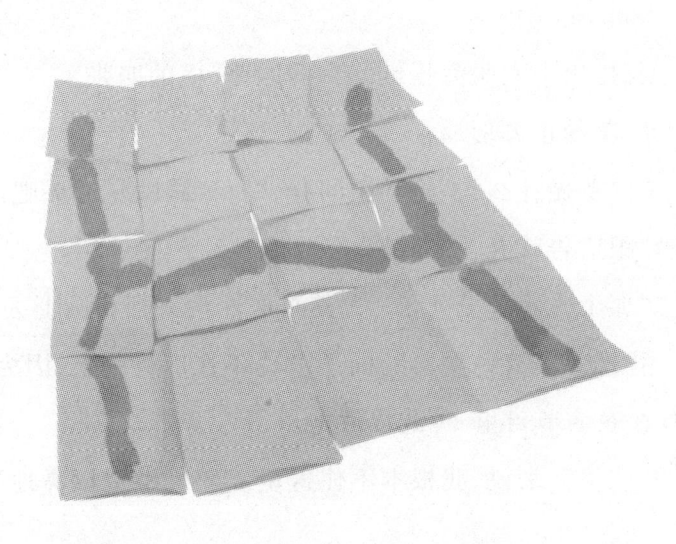

"因为这样我就有一个字了。一个非常重要的字。"我伸出手指蘸颜料。

"什么字？"鲍勃问。

"家。"

鲍勃闭上眼睛。"它没有那么重要。"他轻轻地说。

紧　　张

一整天,我用指关节走路,绕着我的笼子走来走去。

我太紧张了,我睡不着也吃不下。

嗯,反正,吃得不多。

我准备好了,让茱莉亚看我画的图。

一定要是茱莉亚才行。她是艺术家。她一定会好好地看,认真地看我的图画。她不会在意那些脏兮兮或破损的地方。她不会在意那些纸有没有排列整齐。她会超越这一切,真的看见。

茱莉亚一定会看见我脑袋里的想象。

我望着露比忧郁地、蹒跚地走完了四点钟的表演节目,不禁胡思乱想:如果我失败了,会怎么样?万一我不能

我是大猩猩伊凡

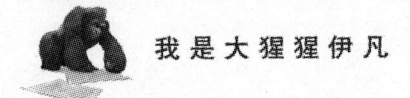

让茱莉亚明白,会怎么样?

我当然知道答案。不怎么样。什么事也没有。

露比继续留在这里,在交通便利的九十五号公路八号出口的巅峰商城和电子游乐场里吸引观众,一年三百六十五天,每天下午两点钟、四点钟和晚上七点钟各表演一场,日复一日,年复一年。

给茱莉亚看

该是给茱莉亚看我的作品的时候了。

商城一片寂静,只有金刚鹦鹉莎玛正在练习讲她新学的话:"哎——呀!"

茱莉亚快要做完她的功课了。乔治在外面打扫。麦克已经回家休息了。

我抓起假影子,小心地把折叠在一起的纸张拿出来。这么多图画!一张又一张。我那巨大的拼图里的一小块又一小块。

我用力拍打玻璃,茱莉亚转头往这边看。

我用颤抖的手指举起一张图,上面画了棕色和绿色,属于拼图角落的一部分。

茱莉亚微笑着看我。

我展示另一张图,一张又一张,一张又一张,每一张都是整幅拼图的一小部分。

茱莉亚有点儿困惑的样子。"咦……是什么呀?"她问。她耸了耸肩,"无所谓啦。反正都很好看就是了。"

"哎——呀!"莎玛说。

不行,我想。不行。

当然有所谓。

更多图画

乔治呼唤茱莉亚。他要收工休息了。"拿你的背包。"他说,"动作快点儿,很晚了。"

"我得走了,伊凡。"茱莉亚说。

茱莉亚不明白。

我得找出有用的那几张图。我在一大沓纸堆里翻找。它们在这里面,我知道。

我找到一张,又一张,又一张。我想把四张一起贴在玻

我是大猩猩伊凡

璃窗上。

"鲍勃,"我说,"帮我。快点儿!"

鲍勃用他的牙齿咬着图画,拖到我这边来。

我把一张又一张的图画从玻璃窗的破洞推挤出去。它们皱了、破了。

太多张了。我的拼图太大了。

"小心啊,伊凡。"茱莉亚说,"这些图说不定有一天会值好几百万呢,你想不到的。"她把图画整整齐齐地叠起来,"麦克会想把它们拿去礼品店里卖吧。"

她还是不明白。

我从破洞推挤出更多张图画,更多,更多,一张又一张,直到全部送出去为止。

"哇,伊凡真的一直在画呢。"乔治一边穿上外套一边说。

"画了很多。"茱莉亚笑着说,"非常多。"

"你打算把所有的画都带回家吗,不会吧?"乔治问,"我的意思是,我不是小看伊凡,可是这些都只是乱糟糟的涂鸦而已。"

茱莉亚的拇指很快地翻过那一大沓图画,"对伊凡来说,它们可能不是涂鸦而已。"

"拿去放在办公室旁边吧。"乔治建议,"麦克会想卖掉这些东西。不过,我实在不懂,为什么有人会花四十美元买一张两岁小孩都会画的手指画。"

"我喜欢伊凡的画。"茱莉亚说,"他把他的感情放进去了。"

"他把他的毛放进去了。"

茱莉亚挥手道别,"晚安,伊凡。晚安,鲍勃。"

我把鼻子贴在玻璃窗上,眼睁睁看着她离去。我所有的努力,所有的图画,都白费了。

我望着熟睡中的露比,突然间明白,她永远不会离开巅峰商城。她会永远在这里,像史黛拉。

我不能让露比成为另一个独一无二。

捶　　胸

游客来看我的时候,时常用他们的手捶打他们薄弱的胸膛,假装是我。

他们捶啊捶,就像新生的蝴蝶鼓动湿润的翅膀,无声

我是大猩猩伊凡

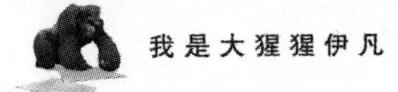

无息。

你永远不会想听见愤怒的大猩猩捶胸。即使你戴着耳塞也一样。

即使你戴着耳塞,站在三英里之外,也一样。

真正的捶胸会震动整个丛林,仿佛天裂开了,仿佛持枪的人近了。

生　气

砰。

这声音,我发出的声音,在整座商城里面回荡着。

乔治和茱莉亚转过身来。

茱莉亚的背包掉在地上。乔治的钥匙掉在地上。整沓纸四处飞散。

砰。砰。砰。

我撞墙,尖叫,咆哮。我捶胸、捶胸、捶胸。

鲍勃躲在假影子底下,用脚掌覆盖住耳朵。

我,终于,生气了。

我有要保护的对象。

拼　　图

过了好一会儿,我渐渐镇静下来。我坐下。生气,是很费力的事情。

茱莉亚瞪大眼睛,不可置信地看着我。

我喘着气。我最近体能状况不大好。

"见鬼了,怎么回事?"乔治质疑。

"一定有问题。"茱莉亚说,"我从来没见过伊凡这个样子。"

"他好像平静下来了,谢天谢地。"乔治说。

茱莉亚摇摇头,"他还是很不高兴,爸。你看他的眼睛。"

我的图画散落在地上到处都是,好像一大片秋天的落叶。

"乱七八糟的。"乔治叹了口气说,"我今晚白打扫了。"

"你认为伊凡还好吗?"茱莉亚问。

"可能就是发发脾气吧。"乔治说。他伸手到椅子底下,拿出一张有棕色和红色的图画,"也不能怪他,关在这个小

我是大猩猩伊凡

笼子里这么多年。"

茱莉亚正想回答,突然停住。她歪着头。

她盯着她的脚,我的图画凌乱地散落在她脚边。

"爸,"她小声说,"你过来看这个。"

"我相信他是另一个伦勃朗。"乔治说,"我们赶快把这些捡起来好回家去。茱莉亚,我累死了。"

"爸,"她又说,"真的,你看这个。"

乔治顺着她的视线看过去,"我只看到乱糟糟的涂鸦。很多、很多色块,还有一些弯来弯去的线条。拜托,我们可以回家了吗?"

"那是字母H,爸。"茱莉亚跪下来,拉直一张图,再一张,"那是字母H,这是……"她抓起更多张图,"这张放这里,然后,不知道呀,可能是那张。这是字母E。"

乔治揉揉他的眼睛。我屏住呼吸。

茱莉亚跑来跑去。她这里捡起一张,那里放下一张,"爸,这像是一幅拼图!是有意义的。一个字,或好几个字。是有意义的图画,很大一幅画。"

"茱莉亚,"乔治说,"这很疯狂。"可是他也盯着地面,目光在图与图之间游移,一边搔着头。

"H,"茱莉亚说,"E,O。"

"HEO 是什么?"

茱莉亚咬着下唇,"H,E,O。还有那一张看起来很像眼睛[①]。"

[①]译者注:单词 eye(眼睛)发音同字母 I。

我是大猩猩伊凡

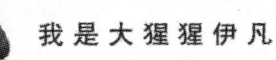

"H,E,O,I。"乔治用手指在空中比划着,"I,E,O,H。"

"不是字母I,是眼睛。另外那个是脚,或是一棵树,还有象鼻子。爸,我觉得那是象鼻子!"

茱莉亚跑到我的窗前。"伊凡,"她小声说,"你画了什么呀?"

我双臂交叉在胸前,看着她。

我没有想到要花这么长的时间。

人类啊。

有时候,连黑猩猩都比他们聪明。

终 于

茱莉亚和乔治把那些图拿到表演场里,那里有足够的空间看清楚全部的图画。

过了一个小时,他们还在拼我画的图。露比醒了。她和鲍勃与我一起观望。

"伊凡,"露比说,"那些图,画的是我吗?"

"是的。"我很自豪地说。

"画我在什么地方?"

"动物园,露比。那些墙,草地,还有很多人在看你,你看到了吗?"

露比眯起眼睛,"其他那些大象是谁?"

"你没见过他们。"我说,"还没有。"

"那是很好的动物园。"露比赞许地点点头。

鲍勃用他凉凉的鼻子轻轻碰了我一下,"真的很好。"

在表演场那边,茱莉亚突然朝空中举起拳头。"有了!"她高喊,"爸!我跟你说,这是:H-O-M-E。是**家**的意思。"

乔治盯着那些字母。他转过头来看看我,"说不定是巧合,茱莉亚。你知道,兆分之一的巧合,就像大家常说的那个关于黑猩猩和打字机的谚语,给他够久的时间,黑猩猩也能写小说。"

我很不高兴地哼了哼。黑猩猩如果能写一个字就很不错了,别提一本书了。

"那你怎么解释其余的部分?"茱莉亚质疑,"他画露比在动物园里。"

"你怎么知道那是动物园?"乔治问。

"你看到门上的圆圈了吗?里面有一只红色长颈鹿。"

乔治眯起眼睛,歪着头,"你确定那是长颈鹿?我觉得

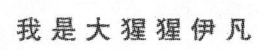

看起来很像一只变形的猫。"

"那是动物园的标志,爸。他们所有的海报上都有这个标志。你怎么解释?"

乔治无奈地对她笑了笑,"我不能。我不会。我只是说,事情一定有个合理的解释才对。"

"你看这多大啊。"茱莉亚把最后一张图,露比的右耳,放在正确的位置,"很大吧。"

"的确很巨大。"乔治同意。

茱莉亚望着我。她咬着手指甲。我看到她的眼睛里有问号。

她转回去盯着地上的图画,专注地看,真正地看。

茱莉亚的脸上缓缓浮现笑容。

"爸,"她说,"我有一个点子,很大的点子。"茱莉亚绕着我的图画外围跑一圈,两只手臂向两边张开。"像广告牌那么大。"

"我不懂你在说什么。"

"我想,这张图应该是要贴在广告牌上的。这就是伊凡的意思。"

乔治把双臂交叉在胸前。"伊凡的意思。"他慢慢地重复,"你知道这是伊凡的意思,因为……你们两个聊过这件事?"

"因为我是艺术家,他也是艺术家。"

"哦……"乔治说。

茱莉亚两只手握在一起,"好嘛,爸,我拜托你啦。"

乔治摇摇头,"不行,我不做。不能贴在广告牌上。不可能。"

"我去拿梯子。"茱莉亚说,"你拿胶水。我知道外面很暗,可是广告牌是亮的。"

"茱莉亚,麦克会开除我。"

茱莉亚考虑了一会儿,"可是,你想想看宣传的效果,爸!每个人都会知道露比的情况了。"

"你要我去贴一张海报,画露比在动物园里,上面写着一个大字家?"乔治指着我的图画说,"这张海报,刚好,是一只大猩猩画的?"

"没错。"

"你要我没有得到麦克的允许就去做?"乔治问。

"没错。"

"不行。"乔治说,"绝对不行。"

141

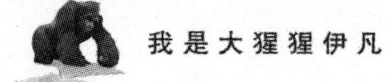

茉莉亚走到表演场的边缘,她很小心地避免踩到我的图画。她捡起麦克的尖爪棍,走回来,交给她的父亲。

乔治的手指沿着爪钉边缘滑过去。

"她只是个小宝宝,爸。你不想帮她吗?"

"茉莉亚,这样有什么帮助?就算很多人看到伊凡的海报,也不表示会有什么改变。"

"我还不是很确定会怎样。"茉莉亚摇摇头,"说不定人们看到海报以后,就知道露比不应该在这里。说不定他们也会想帮忙。"

乔治叹了一口气。他看看露比。她摆动象鼻子。

"这是原则问题,爸,P-R-I-N-C-I-P-A-L。"

"是 L-E。"乔治纠正她。

"爸,"茉莉亚轻声说,"万一露比最后跟史黛拉一样呢?"

乔治看看我,看看露比,看看茉莉亚。

他丢下尖爪棍。

"梯子,"他平静地说,"在储藏柜里。"

第二天早上

我望见麦克的车在停车场里紧急刹车。

他跳下车。他瞪着广告牌。他的嘴巴张得很大。他动也不动地站了很久。

愤怒的人类

愤怒的大猩猩很大声。愤怒的人类也很大声。

尤其是,当他在丢椅子、翻桌子、打坏做棉花糖的机器时。

电　话

麦克正把垃圾桶踢滚到美食区的另一边,电话响了。

他讲电话时,涨红了脸,不停地冒汗。

"什么？"他追问。

他瞪大眼睛看着我。

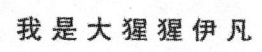

"我不知道你……"他开口要说话,突然停住,听对方讲话。

"谁?哪个茱莉亚?"他问。"噢,对了,乔治的小孩儿。她打电话给你?"

讲了更多话。麦克手拿着话筒贴在耳边,走近我的笼子,用猜疑的眼光打量我。

"是啊,是啊。"他说,"他会画图。没错。我们卖他的画已经好一阵子了。"

他又停顿了很长一段时间,"是啊,绝对是的。是我的主意。"

麦克点头。他的嘴角浮现笑容。

"照相?没问题。你想看他画图的样子?过来啊,你自己来看看吧。我们一年三百六十五天,天天营业。你不会找不到的,我们就在九十五号公路旁。"

麦克捡起翻倒的垃圾桶,"是啊,我想他会画更多图。这是,你知道的,你们怎么说的?好作品还在进行中。"

电话讲完了,麦克摇摇头。"不可思议。"他说。

一个小时以后,一个男人带着相机来为我拍照。他是本地报社的记者,是茱莉亚打电话给他的。

"你帮我跟这头象照一张怎么样?"麦克提议。他的手臂搭着露比的背,相机快门按下时,他咧着嘴笑。

"很完美。"那个男人说。

"很完美。"麦克同意。

又成为明星

我画广告牌的照片登在报纸上。麦克把那则报道剪下来贴在我的窗上。

每天都有更多的游客到这里来。他们把车停在广告牌

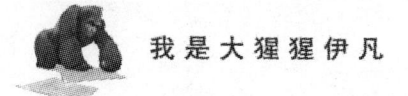

前面。他们指指点点,摇摇头。他们照相。

然后他们走进商城,买我的图画。

我在游客的注视下,把手伸进新鲜的颜料桶里。我为礼品店画图,也画了更多图贴在广告牌上。小鸟停在树上。刚出生的象宝宝有亮晶晶的黑眼珠。松鼠,蓝鸟,虫。

我甚至画了鲍勃,让他也出现在广告牌上。我看得出来他很喜欢那张图,虽然他说我并没有把他那优秀的鼻子表现得很好。

每天下午,麦克和乔治把新的图画贴在广告牌上。他们工作的时候,开车经过的人们会把车子慢下来,按喇叭,挥手。

现在,礼品店里的图画一幅卖六十五美元(裱好框的)。

大猩猩画家

我有新名字。人们称呼我"大猩猩画家"。灵长类的毕加索。

从早到晚都有人来看我。露比也是。

可是,她的情况没有改变。每天两点钟、四点钟和七点钟,露比拖着沉重的脚步走过地上的碎木屑,让笑笑骑在她的背上。

每天晚上,她都做噩梦。

我讲了一个故事安抚露比入睡。我说:"鲍勃,我的想法没有起作用。"

鲍勃睁开一只眼睛,"要有耐心。"

"我已经厌倦耐心了。"我说。

访　问

傍晚,有一个男人和一个女人来访问麦克、乔治和茱莉亚。

那个男人的肩膀上扛着一个很大又很重的相机。他拍我在画图。他拍露比在笼子里,一只脚绑了绳子拴在地板上。

"我可以到处看看吗?"他问。

麦克挥挥手,"欢迎。"

麦克和那个女人谈话时,那个摄影师就在商城里走来

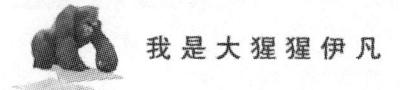

走去。他的摄影机忽上忽下、忽左忽右地移动。

他的目光落到尖爪棍上,他停下脚步。他把摄影机的镜头对准闪闪发亮的尖爪。然后他继续往前走。

晨间新闻

麦克打开电视。

我们都上了五点钟晨间新闻。

鲍勃叫我不要被冲昏头了。

我们都在电视新闻里,包括麦克、露比、我、乔治和茱莉亚。广告牌、商城、表演场。

还有尖爪棍。

标语牌

一大早,许多人聚集在停车场里。他们举着标语牌。

标语牌上有字和图画。其中一面画了一只大猩猩抱着一只象宝宝。

真希望我能读懂字。

抗 议 者

今天来了更多手持标语牌的人。他们想要让露比自由。有些人甚至希望麦克关闭商城。

傍晚,乔治和麦克谈起这些人。麦克说他们搞错抗议的对象。他说他们会毁了一切。他叫乔治少管闲事。

麦克踏着重重的脚步走开了。乔治拿着拖把,望着他离去。乔治揉了揉眼睛。他看起来很忧虑。

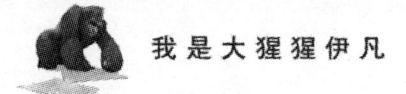

"爸，"正在做功课的茱莉亚突然抬起头来说，"你知道我最喜欢的标语是什么吗？"

"嗯？"乔治问，"是哪一个？"

"写着'大象也是人'的那个。"

乔治露出疲惫的笑容。

他继续工作。他的拖把像一支巨型画笔，扫过空荡荡的美食区，画着永远没有人看见的图。

检查记号

一个高个子男人带着笔记板和铅笔来访视。他说他要检查这个地方。

他不多说话，不过他在纸上做了很多检查记号。

他看看我的地板，做记号。他检视露比的干草，做记号。他看看我们的水盆，做记号。

麦克看着他，脸色很阴沉。

鲍勃在外面，躲在垃圾箱的旁边。他不想成为一个检查记号。

放露比自由

每天有越来越多的抗议者,还有发出强光的摄影机。有时候,那些人举着牌子喊:"放露比自由!放露比自由!"

"伊凡,"露比问,"那些人为什么要喊我的名字?他们生我的气吗?"

"他们是在生气。"我说,"不过,不是生你的气。"

过了一星期,上次来检查的男人又来了,他这次带来一位女性朋友。

她有一双慧黠、乌黑的眼睛,跟我的母亲一样。她穿着白色外套,闻起来像盛开的翠蝶花。她的头发茂密,是棕色的,像烂树枝上爬满美味的蚂蚁的颜色。

她盯着我看了很久。然后,她去看露比。

她先跟那个男人谈了一会儿。然后他们两个人去跟麦克讲话。

那个男人给麦克一张纸。

麦克双手掩面。

他走进办公室,用力甩上门。

新的箱子

好像有不寻常的事要发生了。穿白外套的女人又来了,还带来其他人类。

他们在表演场的中央放了一个大箱子。

是露比的尺寸。

我突然明白那个女人为什么来这里。她来带露比离开。

训　　练

　　女人引导露比走近箱子。

　　她在箱子里放了一个苹果。"好女孩,露比。"她温和地说,"不用怕。"

　　露比用她的鼻子试探性地碰触箱子。

　　女人用手中的金属片制造出"咔嗒"的声音。她给露比一段胡萝卜。

　　露比只要碰触箱子,就有"咔嗒"的声音,而且就有东西吃。

　　"她为什么要制造那个咔嗒的声音？"我问鲍勃。

　　"他们常常这样对待狗。"鲍勃说。我听得出来他并不赞同,"那叫作声音制约训练。他们要让露比把那个声音和食物联想在一起。当她照着他们的话去做,他们就制造那个声音。"

　　"做得好,露比。"女人说,"你学得很快。"

　　制造了许多"咔嗒"的声音又给了许多胡萝卜之后,她带露比回到笼子里。

我是大猩猩伊凡

"为什么我一碰那个箱子,那个女士就给我胡萝卜?"露比问我。

"我想她要你进到箱子里面。"我解释道。

"可是箱子里面什么都没有。"露比说,"只有一个苹果。"

"箱子里面,"我说,"有离开这里的机会。"

露比的头斜到一边,"我不明白。"

"看到箱子上那个红色长颈鹿的图案了吗?我想,那个女士是动物园的人。露比,我想她准备要带你去那里。"

我期待露比发出欢欣的号角声,可是,并没有,她只是沉默地瞪着那个箱子。

"我不知道你懂不懂。那个箱子可能会带你去一个地方,那里有很多其他的大象。"我说,"那里有更大的空间,那里的人类会关心、照顾你。"

即使我嘴里讲出这些话,但我想到我上次待过的箱子仍然忍不住发抖。

"我不要动物园。"露比说,"我要你、鲍勃和茉莉亚。这里是我的家。"

"不,露比。"我说,"这里是你的监牢。"

戳 戳 弄 弄

那个女士又来了,她带来一位动物医生,他全身散发难闻的气味,还拎着一个看起来很危险的手提包。

他花了大约一个小时跟露比在一起,戳戳这里,弄弄那里。他检查她的眼睛、她的脚、她的鼻子。

他检查完了露比,走进我的笼子里。我希望能像鲍勃一样躲在假影子底下。

不过我不能。所以,我很适当地捶胸,发出很大的声音,过了一会儿,医生就退到外面去了。

"我们需要麻醉这只。"他说。

我不大明白他说的是什么意思。反正,我大摇大摆地在我的笼子里走来走去,感觉我胜利了。

不 画 图

今天没有人叫我画图。没有人叫露比表演。

没有表演节目。没有游客。除非你把抗议者算成游客。

我是大猩猩伊凡

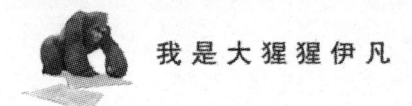

麦克把自己关在办公室里一整天。

更多箱子

早上,我睡了长长的一觉,醒来的时候,鲍勃还在我的肚子上,可是他并没有睡觉。他望着表演场,有四个男人正在组装一个巨大的金属做的箱子。

是我的尺寸。

"那是什么?"我半睡半醒地问。

鲍勃用鼻子摩擦我的下巴,"我相信那个箱子是为了你,我的朋友。"

我不明白他的意思,"我?"

"你睡觉的时候,他们搬来很多箱子,我看啊,他们要把你们都带走。"他舔着脚掌,一派轻松地说,"连莎玛在内。"

"带走?"我重复他的话,"带我们去哪里?"

"嗯,有的去动物园,可能,有的去动物收容所,那里的人会帮动物找新家。"鲍勃抖了抖身体,"好了,我猜所有的好事最后还是会结束的,是吧?"

他的声音听起来很活泼，但是他的眼睛望向远方，流露出哀伤的神色，"我会想念你的肚子，大哥。"

鲍勃闭上眼睛。他的喉咙里发出古怪的声音。

"可是……你呢？"我问。

我不知道鲍勃是不是假装睡着了，总之他没有回答。

我瞪着那个巨大的、阴暗的箱子，突然间，我明白露比的感受了。我不想进到箱子里面。

上回我在箱子里，我妹妹死了。

道　别

晚上，乔治和茱莉亚来了，乔治没有拿拖把或扫把。他收拾他的工具和个人物品，茱莉亚跑向我的笼子。

"这是我最后一晚来这里了，伊凡。"她说。她把一只手掌贴在我的玻璃窗上。"麦克开除了我爸爸。"眼泪滑下她的脸颊，"不过那位动物园的女士说，过一阵子他们那里可能会有工作机会，需要人清扫笼子之类的。"

我走向隔绝我们的玻璃窗。我把我的手掌放在茱莉亚的手掌的对面，掌心贴着掌心，手指贴着手指。我的手比较

我是大猩猩伊凡

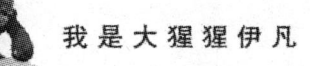

大,可是两只手其实没有太大的差别。

"我会想念你,"茱莉亚说,"还有露比和鲍勃。不过这是好事,真的。你们应该过不一样的生活。"

我望着那双美丽的眼睛,真希望我能跟她说说话。

她吸了吸鼻子,走向露比的笼子。"露比,祝福你有美好的生活。"她说。

露比轻微地发出低沉的声音。她将鼻子从铁栏杆之间伸出来,碰触茱莉亚的肩膀。

"鲍勃呢?"茱莉亚问。她看了看四周,桌子下方、我的笼子里、垃圾桶旁边。"爸,"她大声喊,"你看到鲍勃了吗?"

"鲍勃?没有。"乔治说。

茱莉亚皱起眉头,"他以后会怎么样,爸?万一麦克把整座商城关掉呢?"

乔治说:"他说即使没有动物,他还是要继续营业。"他把双手插在口袋里,"我也担心鲍勃。不过,他一定会想办法活下去的。"

"爸,你知道吗?"茱莉亚的眼睛发亮,"鲍勃可以跟我们住。妈喜欢狗,他可以跟妈做伴,而且……"

"茱莉亚,我还不确定有没有工作。我甚至可能没法养活你们,怎么可能养狗。"

"我帮人家遛狗赚的钱……"

"茱莉亚,抱歉。"

茱莉亚点点头,"我明白。"

她转身离去,突然又跑回我的笼子前面,"我差点儿忘了。这给你,伊凡。"

她塞进一张纸到我的笼子里。一张图,画的是我和露比。

我们吃着酸奶葡萄干。露比和另一只象宝宝在玩,我跟一只可爱的大猩猩手牵手。

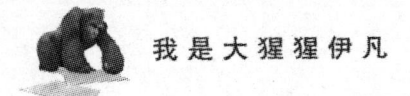

她有红嘴唇,头上插了一朵花。

我看起来很优雅,那一直是我在茱莉亚的图画里的形象。不过,这张图画有点儿不一样。

在这张图画里,我在微笑。

咔 嗒

我的笼子的门撑开着。我目不转睛地盯着它。

我的门,开了。

那个大箱子移动了,它的门也是开着的。人类把它推到我的门口。

我如果走出我的门,就进入他们的箱子。

那位动物园女士又来了,她的名字叫玛雅。

咔嗒。酸奶葡萄干。

咔嗒。小棉花糖。

咔嗒。熟木瓜。

咔嗒。苹果片。

一个小时又一个小时,咔嗒、咔嗒。

我转过去看看露比。她等着看我怎么做。

我碰触箱子。

我朝黑漆漆的箱子里面闻了几下,有一个熟透的芒果在等我。

咔嗒。咔嗒。咔嗒。

我必须这么做。露比正从她笼子的栏杆之间看着我,箱子是离开这里的机会。

我走进去。

一 个 点 子

我离开箱子,回到我的笼子里。我想到一个点子,好点子。

我告诉鲍勃,他可以溜进我的箱子,跟我一起住在动物园里。

"你忘了吗?我是野兽,伊凡。"他一边说一边在地上嗅来嗅去找食物碎屑,"我不驯服也不屈服。"

鲍勃吃了一片芹菜,随即吐出来,"何况,他们会发现的。人类很笨,但没有那么笨。"

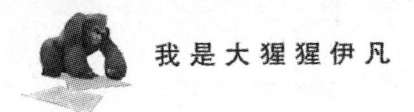

尊 敬

"伊凡？"露比说，"你觉得其他大象会喜欢我吗？"

"我想他们会爱你，露比。你会加入他们的家庭。"

"你觉得其他大猩猩会喜欢你吗？"露比问。

"我是银背大猩猩，露比，我是领袖。"我把两边肩膀向后推，头抬得高高的，"他们不必喜欢我。他们必须尊敬我。"

虽然我这样告诉她，其实我很怀疑自己能不能赢得他们的尊敬。

我一直没有什么机会练习做真正的大猩猩，更别说银背大猩猩了。

"你觉得其他大象会讲笑话吗？"

"假如他们不会，"我对她说，"你可以教他们。"

露比摆动耳朵，甩甩尾巴，"伊凡，你知道吗？"

"知道什么？"我问。

"我想我明天要走进箱子里。"

我怜爱地看着她，"那是个好主意。我想史黛拉也会同意。"

"你觉得其他大象会玩影子游戏吗?我好喜欢哟。"

"我也是。"我说。我想起敏捷的妹妹在树丛间奔跑,永远让我追不上。

照　　片

深夜,麦克打开我的笼子。满月的光辉照在他下垂的肩膀上。他看起来好像变小了。

鲍勃立刻警觉地跳下我的肚子,钻到假影子底下。

"别躲啦,狗。"麦克说,"我知道你睡在这里。"麦克走近我的轮胎秋千坐下来,"就再睡一晚吧,你兄弟明天要走了。"

明天?我的胃变得很沉重。我还没准备好。我需要多一点儿时间。我还没道别。我还没想清楚。

麦克从衬衫口袋里拿出一张小小的照片。我小时候的照片。麦克和我坐在他的敞篷车的前座。

我戴着棒球帽,吃着冰淇淋。

我是个漂亮的小孩儿,不过我也得承认,我看起来很

滑稽。一点儿也不像真正的大猩猩。

"我们也快乐过,是吧,兄弟?"麦克说,"记不记得我们一起去坐云霄飞车?还有,我教你打篮球那时候?"麦克摇着头轻轻笑起来,"你有一次很糟糕的跳投。"

他站起身,叹气,看看四周。他把照片放回口袋里。

"我会想念你,伊凡。"他说完就走了。他没有回头再看一眼。

离　开

一大早,玛雅跟许多人类来到这里。

其中有些人穿着白外套,有些人拿着很多沙沙作响的纸张。他们很沉默、忙碌、坚定。

露比先走进她的箱子里。

"我怕,伊凡。"她从箱子里呼喊,"我不想离开你。"

有一部分的我也不想让她离开,可是我知道我不能这样告诉她。

"想想你可以跟你的新家庭分享的那些奇妙的故事吧。"我说。

露比沉默了。

过了好一会儿,她说:"我会跟他们说你讲的那个大象笑话,关于冰箱的那个。"

"我敢说他们一定会喜欢。一定还要告诉他们关于鲍勃、茱莉亚和我。"我清清喉咙,"还有史黛拉。"

"我会记得你们每一个。"露比说,"尤其是你。"

我还来不及再说什么,他们就推着她的箱子往外走,外面有辆卡车在等待。

轮到我了。

鲍勃躲在角落里,在水池后面。那些人类没有注意到他。

他们忙着把箱子准备好,鲍勃悄悄靠近。他舔我的下巴,确保没有任何食物的残渣。

"你,"我小声说,"是独一无二的鲍勃。"

我伸手拿起假影子。她没有了填充物,就像一块软趴趴的破布。她身上的毛沾满了点点滴滴的颜料。

我把她拿给鲍勃。他歪着头,露出困惑的表情。

"帮助你睡觉。"我说。

鲍勃用牙齿咬着她,一溜烟跑走了。

我是大猩猩伊凡

好孩子

"伊凡好棒,好孩子。"我踏着重重的步伐走进箱子里时,玛雅对我说。我听到咔嗒的声音,并且得到一个小棉花糖作为奖励。

我安顿下来,玛雅给我喝甜甜的饮料,有一点儿芒果的味道,又有一点儿苦。

我的眼皮越来越沉重。我很想看接下来发生什么事,可是我想睡觉,非常想睡觉。

我梦到我跟影子在一起,我们抓着藤蔓荡来荡去,史黛拉在旁边看着我们。阳光穿透茂密成荫的树林,微风飘散着水果的香气。

移　动

我的眼皮摇晃着半睁半闭。

箱子在移动。

我在一只巨大的动物的轰隆隆的肚子里。

我又陷入沉睡。

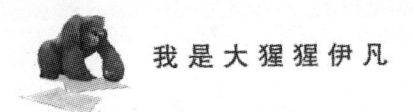

第四章 回 家

醒 来

我醒来看见玻璃和钢铁。这是一个新笼子,和我原来的差不多,只是干净多了。

玛雅在这里,还有其他我认得的人类。

"嗨,伊凡。"玛雅说,"各位,他醒来了。"

我有三面玻璃墙,第四面墙覆盖着一条一条串联在一起的木头。

这里看起来并不像电视上的动物园。其他动物在哪里?

其他大猩猩呢?

露比也去了这样的地方吗?一个跟以前差不多的笼子,依然孤零零的?她冷吗?饿吗?悲伤吗?

她睡不着的时候,有谁会讲故事给她听吗?

想 念

我想念舒适的旧笼子。
我想念我的图画。
最主要的,我想念鲍勃。
没有他,我的肚子很冷。

食 物

这里的食物还不错。
虽然没有汽水,也没有棉花糖。

没有名气了

　　没有游客来这里看我,没有手指头黏黏的小孩儿,也没有疲倦的爸爸妈妈。
　　只有玛雅和她的同伴会来,他们来了,就有抚慰的声

我是大猩猩伊凡

音和温柔的手。

我想,我可能不像以前那么有名气了。

某种感觉

数不清过了多少日子,突然有一天,我有一种感觉。

改变了。

我不知道是什么,可是我在空气中感觉到了,就像感觉到远方有乌云聚集。

新的电视机

玛雅带给我一台电视机。它比我以前那台大很多。

她打开电视。"我想你会喜欢这个节目。"她微笑着说。

我希望是爱情故事或西部片。

不料是自然生态节目,没有人类的声音或广告。节目里有一群大猩猩,做着大猩猩天生该做的事。我看着他们吃东西、梳理身上的毛、打打闹闹。我还看着他们睡觉。

不知道为什么麦克从来没有转到这个频道。

家　　庭

每天，我在电视上看着这一群大猩猩。他们是一个小家庭，而且不完整，只有三只母猩猩和一只年轻的公猩猩，没有银背大猩猩保护他们。

他们互相梳理身上的毛、吃东西、睡觉，然后再梳理身上的毛。他们心满意足地生活在一起，平静又和善。虽然，有时候也像任何一个家庭一样会吵架。

兴　　奋

今天早上，不知道为什么，电视上没有大猩猩的节目。

玛雅和她的人类同伴很兴奋。他们像黎明时的小鸟叽叽喳喳个不停。

"就是今天了。"他们说。

我曾经看过许多人类看着我，可是从来没有人像他们这样的快乐。

玛雅走到那片木条墙。

我是大猩猩伊凡

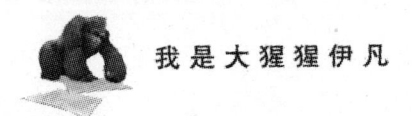

她傻傻地张着嘴笑。

她伸手拉一条绳子。

我 看 见

大猩猩。

三只母猩猩和一只年轻的公猩猩。

他们就是我一直在电视上看到的那个家庭。只不过,他们不在电视屏幕上。

他们在玻璃的另一边,看着我在看他们。

我看见我。

很多个我。

还 在 那 里

我蒙住眼睛。

又睁开眼睛。

他们还在那里。

观　看

　　每天，我从玻璃窗的这边看着他们，就像以前游客看我一样。

　　我看他们怎么追逐、梳毛，看他们怎么玩耍、睡觉，看他们怎么生活。

　　他们就像史黛拉一样优雅，只在自己需要的时候，适度地移动身体。

我是大猩猩伊凡

他们盯着我看,斜侧着头,指指点点,叫喊着。我很想知道,他们对我,会不会像我对他们这么着迷?

她

她的长啸声震得我耳朵发疼。

我从远处欣赏她完好无瑕的虎牙。

她的名字是金雅妮。

她跑得比我快,很矫健,或许比我更聪明,不过我的体积是她的两倍,这也很重要。

她看起来有点儿可怕。

也很美丽,像一幅会移动的图画。

门

今天,人类引导我走近一扇门。

门的另一边,金雅妮和其他大猩猩正等着我。

我还没准备好。我还没准备好做一只银背大猩猩。

我是伊凡,就是伊凡,只是伊凡。

我决定,今天不是交朋友的好日子。

明天再试吧。

想 知 道

我醒着躺了整个晚上,想知道露比现在怎么样了。

我今天面对的那扇门,她是不是已经走过去了?

她会不会像我一样害怕?像她掉进洞里那天那么的害怕?

我想到露比没完没了的好奇,还有她喜欢问的那些问题。你有没有跟老虎跳过舞,伊凡?你身上的毛会不会变蓝?为什么那个小男孩没有尾巴?

假如露比跟我一起在这里,她一定会问:伊凡,门的另一边有什么?

露比会想知道,她一定早就从那扇门走过去了。

准 备 好 了

"伊凡,要再试试看吗?"玛雅问我。我想到露比,然后

我是大猩猩伊凡

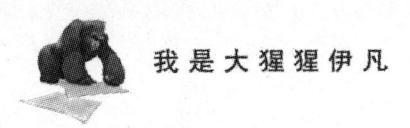

我告诉自己,时候到了。

门开了。

终于在外面了

天。

草。

树。

蚂蚁。

树枝。

鸟。

土。

云。

风。

花。

岩石。

雨。

我的。

我的。

我的。

哎呀

我用鼻子闻了闻,近前一点儿,抬头挺胸地走几步,可是其他大猩猩不欢迎我。他们露出尖利的牙齿,大喊大叫。

我做错了什么吗?

金雅妮追赶我。她朝我身上丢一根树枝。她把我逼到角落里。

我知道她在试探我,看我是不是真的银背大猩猩,能不能保护她的家庭。

我退缩着遮掩我的眼睛。

玛雅让我回到我的笼子里。

本来的样子

我清醒地躺着,试着回想,一只大猩猩本来应该是什么样子?

我是大猩猩伊凡

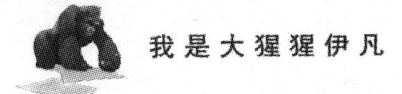

我们怎么移动?怎么触摸?怎么知道谁是老大?

我试着不再去想小宝宝、摩托车、爆米花和短裤。

我试着想象伊凡本来应该有的样子。

假　　装

年轻的公猩猩慢慢接近我。他饥渴地盯着我的食物。

我想象不一样的伊凡,我父亲的儿子。

我不高兴地哼了几声,挥拳,大摇大摆地走来走去。我开始捶胸,直到全世界都听到。

金雅妮看着我,其他大猩猩也是。

我朝那个狂妄的小子靠近,他退后了。

他好像相信我真的是我假装的那只银背大猩猩。

窝

我在地上做窝。它不是真的那种丛林里的窝。叶子的质量比较差,树枝比较脆。我编织的时候,它们很容易就断掉。

其他大猩猩看着我，咕噜咕噜地表达他们的不以为然：太小了，太脆弱了，太难看了。

可是，当我爬进这个树叶做成的摇篮时，仿佛飘浮在树梢的云雾之上。

更多电视

我看得出来，玛雅想要我回到玻璃笼子里，因为她撒了一路的小棉花糖，引诱我走向那扇门。

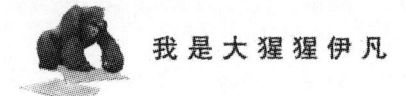

我试着不理会她。我不想离开外面。晴朗无云的好天气,我又找到了适合打盹儿的好地方。可是,她加了酸奶葡萄干在地上,我就心软了。她实在非常清楚我的弱点。

玻璃笼子里,电视开着,正在播另一个自然生态节目,画面时常跳动,又不清晰。

我以为会看见大猩猩,可是一只也没有。

我听到尖锐的声音,像玩具喇叭。

我的心跳加快。

我冲上前贴近屏幕,她出现了。

露比。

她和两只小象在一池可爱的泥巴堆里打滚儿。

另外一只大象走过来。她比露比高很多。她抚摸露比,轻轻地推她。她发出柔和的声音。

他们站在一起,像以前史黛拉和露比一样。他们的鼻子缠绕在一起。我看见露比的眼中有新东西,我知道那是什么。

喜悦。

我从头看到尾,然后玛雅为我回放一遍,又一遍。最后,她关掉电视,把它拿到笼子外面去。

我把手放在玻璃上。玛雅转头看我。

谢谢你,我试着用我的眼睛说,谢谢你。

追　她

金雅妮慢慢靠近我。她拍我的肩膀,然后用指关节着地跑开了。

我看着她,两只手臂交叉在胸前。我很谨慎地不发出任何声音。

我不知道我们在做什么。

她慢慢地回来,推我,很快又跑走了。然后,我明白怎么回事了。

我们在玩。

我们在玩影子游戏。

我的角色是要去追她。

恋　爱

眼神交汇。

我是大猩猩伊凡

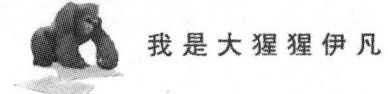

展示你的体态。

大摇大摆地走路。

咕噜咕噜。

丢树枝。

再咕噜咕噜。

采取行动。

恋爱是很费力的事。

在电视上看起来很容易。

我不确定能不能学会这件事。

更多关于恋爱的事情

真希望鲍勃在这里。我需要一些建议。

我努力回想所有我们一起看过的爱情电影。

我记得有讲话、拥抱、舔脸。

我不擅长这种事情。

不过,尝试起来还挺有趣的。

梳　毛

天底下还有什么比她从你的毛里抓出死虫子时的触摸更甜蜜呢?

谈　话

大猩猩并不聒噪,不像人类常喜欢讲闲话和烂笑话。

不过,偶尔我们会在太阳底下交换故事。

有一天,轮到我了。

我告诉我的家族关于麦克、露比、鲍勃、史黛拉、茱莉亚和乔治的事情,关于我的母亲、父亲和妹妹的事情。

我说完时,他们静静地转头看别的地方。

金雅妮靠近我。她的肩膀摩擦着我的肩膀。我们让阳光渗进我们的毛里。我们一起。

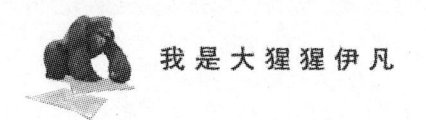

山　顶

我已经探索了这个地方的每个角落和缝隙,除了远处的一座小山以外,那里一直有工人在修补墙。

他们终于走了。他们留下了新漆好的白砖墙和一堆黑泥土。

其他大猩猩懒洋洋地沐浴在晨光下,我想去山顶看看。他们以前去过了,我还没有。每件事在我看来都还很新奇。

我很从容地往山上走,尽情体验青草环绕着指关节的感觉。微风传来小孩儿的叫喊,还有黄蜂那使人昏昏欲睡的嗡嗡声。快接近山顶的地方,有一棵枝干低垂的树,是我妹妹会喜欢的那种树。

这座墙没有尽头,干净、洁白,向下延伸到我居住范围以外遥远的地方。它又高又宽,仔细地建造起来,把我们围在里面,把其他的挡在外面。

这里,毕竟,还是一个笼子。

昨晚下过雨,那堆泥土摸起来很软。我抓起一大把,用力吸进泥土和其他的味道。

它的颜色是鲜艳的棕色,在我手掌里沉甸甸的、凉凉的。

墙壁等待着,像一面无边无际的空白广告牌。

墙

这是一面很大的墙。

不过,这里有很大的一堆泥土,而且我是很大的艺术家。

啪的一声,我把一大把泥巴贴在温热的水泥墙上。我做了一个手印。

我用沾满泥巴的手指头摸摸鼻子。我做了一个鼻印。

我的手掌在墙面上滑上滑下。泥巴很黏稠,使起来很费劲。不过,我还是一直移动、抓土、涂抹。

我不知道我在画什么,我也不在乎。我抓起泥巴往下甩,画出弯弯的、粗粗的线条。有轮廓和形状,有光和影。

我是正在创作的艺术家。

我做完了。我退后几步,好欣赏我的作品。可是,这幅

我是大猩猩伊凡

画布太大了,我得找个好一点儿的视角。

我找到一棵枝干粗一点儿的树,抓住最低的那根树枝。我开始摆荡双脚。

咚!我重重地跌在地上。我可能体型太大,爬不上去了,我想。

不过,我还是再试一次。这次我把自己拉上主树干,气喘吁吁的。

我抓着一根又一根的枝干往上爬,直到再也爬不上去了。我坐在树上休息,看到我的家族成员,依然心满意足地在打瞌睡。

墙上的壁画尽收眼底,遍布了泼洒、飞溅的泥巴。没有太多颜色,可是充满律动。我喜欢。它既梦幻又狂野,就像茱莉亚会画的图。

从我所在的位置,我可以看见墙的另一边。我看见长颈鹿和河马。我看见鹿的腿像小树枝那么纤细。我看见一只熊在空心的圆木里打瞌睡。

我看见大象。

安 全 了

她离我很远,她的肚子埋在高高的草丛里,她的身边有其他大象。

露比。

"她在这里,史黛拉。"我小声地说,"露比安全了,就像我承诺你的。"

我呼唤露比,可是我的话被风卷走了,我知道她永远

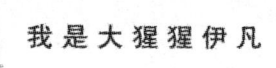

听不到我了。

不过,露比还是停顿了一秒钟,她的耳朵伸展开来宛如小小的风帆。

然后,她以沉重又优雅的步伐,在草丛间继续往前走。

银背大猩猩

傍晚时乌云密布,有点儿寒冷,又下着毛毛雨。晚餐快好了,不过我不在乎。

夜晚时,我们会睡在我们的洞穴里,不过我总是最后一个才回到里面去。我在里面待得够久了。

这种时候,没有太多游客。只有少数还在游荡的人,倚着隔绝我们的墙。他们指指点点,拍几张照片,然后转去看邻近的长颈鹿。

有一个管理员在召唤我们。我不情愿地转身,准备进去。

我的眼角余光瞥见有人跑过来。我停下脚步。

一个黑发小女孩,背着后背包。一个男人跟在后面,急急忙忙地想要赶上她。

"伊凡!"女孩高喊,"伊凡!"

茱莉亚!

我手脚并用地跑到围绕着墙的宽壕沟边。

茱莉亚和乔治向我挥手。我跳前跳后,尖叫,咕噜咕噜,跳起大猩猩的快乐舞步。

"冷静一点儿。"有个声音说,"你表现得像一只黑猩猩。"

我僵住了。

一个小小的、坚果般棕色的,有双大耳朵的头,从茱莉亚的背包里冒出来。

"好地方。"鲍勃说。

"鲍勃,"我说,"真的是你。"

"活生生的。"

"怎么……在哪里……"我找不到适当的字眼。

"乔治在动物园的工作要下个月才开始,所以,他和茱莉亚商量好了,她要多遛三只狗来负担我的伙食费。你知道吗?他们全都是贵宾狗。"

"你说你不想要一个家。"我说。

"是啦。"鲍勃说,"可是茱莉亚的妈妈喜欢有我做伴,我想我就帮大家一个忙吧。这样是双赢嘛。"

茱莉亚把鲍勃的头压回她的背包里。"照理说你不应该在这里的。"她提醒他。

"伊凡看起来很棒,是不是,茱莉亚?"乔治问,"比以前更强壮,而且更快乐了。"

茱莉亚高举着一张小小的照片,太远了,我看不清楚,"这是露比,伊凡。她现在跟其他大象在一起,因为你的关系。"

我知道,我想告诉她,我亲眼看见了。

我们隔空对望着。过了一会儿,乔治拍拍茱莉亚的手臂,"茱莉亚,该走了。"

茱莉亚露出惆怅的笑容。"伊凡,再见。帮我问候你的新家庭。"她转向乔治,"爸,谢谢你。"

"为什么?"

"为了……"她朝我的方向做了个手势,"为了这个。"

他们转身离去。动物园里的路灯眨眼间亮起来,黄色的光辉覆盖了整个地方。

我依稀见到鲍勃小小的头从茱莉亚的背包里冒出来。他大叫:"你是独一无二的伊凡。"

我点点头,然后转身走向我的家族、我的生活、我的家。

"大力士银背大猩猩。"我小声地说。